如在水面，如在雾中

青 年 作 家 文 丛

丁奇高　著

河南文艺出版社
·郑州·

图书在版编目（CIP）数据

如在水面，如在雾中/丁奇高著.—郑州：河南文艺出版社，2020.6（2022.5重印）

（青年作家文丛）

ISBN 978-7-5559-0998-9

Ⅰ.①如…　Ⅱ.①丁…　Ⅲ.①短篇小说-小说集-中国-当代　Ⅳ.①I247.7

中国版本图书馆 CIP 数据核字（2020）第 072928 号

出版发行　河南文艺出版社
本社地址　郑州市郑东新区祥盛街 27 号 C 座 5 楼
邮政编码　450018
承印单位　河南龙华印务有限公司
经销单位　新华书店
纸张规格　890 毫米×1240 毫米　1/32
印　　张　7.375
字　　数　150 000
版　　次　2020 年 6 月第 1 版
印　　次　2022 年 5 月第 2 次印刷
定　　价　50.00 元

编委会

谨以本书献给我的亲人

序

杜永利

　　我和丁兄认识快四年了，从一开始的文学活动，到后来的一起参加国考省考，交流日益频繁起来。在河南九〇后写作群体里，我们都视彼此为最亲密的朋友。

　　丁兄为人厚道，常常鼓励文友，从来不会摆架子。朋友见面，总会走很远的路去迎接。他是一位非常踏实的作家，近几年来笔耕不辍，时常有佳作问世。他曾经说过，写作就像一场马拉松比赛，一开始有人跑得快，有人跑得慢，但最终看的还是耐力。他的前进一直很扎实，一步一步都很用心，从他的作品里我们不难看出其认真细致的程度。同时，从他阅读的广度以及对生活的敏锐洞察上面，我们又能窥见他持久作战的耐力。

　　一个人的一生中会迎来无数个第一次，丁兄在文学长跑中迎来了他第一站的胜利。对于写作者来说，人生的第一本书非常重要。丁兄无疑交出了一份高分答卷，在这本书里他展现出的才华与天分让人惊叹。能为这样一本小说集作序，我感到非常荣幸。

在这本小说集里，作者为我们展现了十多个精彩的故事：有反映文学爱好者执着与窘迫的《囚徒困境》《九〇后小说家之死》；有表达对弱势群体悲悯与体恤的《算命》；也有探索未知秘境的《黑暗的石门》《乌有之乡的幻境》……整本书读下来，可谓引人入胜，让人欲罢不能。之所以呈现出这样的效果，这得益于作者丰富的想象力，以及过硬的叙述功底。这两方面能力的训练非一日之功，足见作者有长年累月的努力在其中。

除了故事令人着迷以外，另一个突出的特点是语言的诙谐幽默。比如，描写主人公外貌丑陋，他写道"挤痘痘是一项技术活，明显我技术太差，那些破损的青春痘们，把我原本为零的颜值拉成了负数"；写到一些作者出书自嗨时，他这样写"据说该书首印了五百本，他一个人全买了，他送过我一个签名本，我放在了厕所里留作纪念，一天少个三五张，不到两个月就纪念完了"。最让人忍俊不禁的，当属《九〇后小说家之死》，此文通篇都很搞笑，结尾颁奖环节对众人丑态的描摹，简直是神来之笔，令人捧腹不已。

当然，提到小说不得不提人物的塑造。作者这方面的技巧非常娴熟，常常一句话就能写活一个人物。比如写张初心的贪婪，"顺手问司机要了几张其他乘客不要的发票"……书中这样的例子比比皆是，通过这些例子，我们可以看出作者善于从生活中提炼素材，并且恰到好处地使用。

每位作者写小说的动机都是不同的，从这本书里我清晰地看到，丁兄写作是出于他对世界本质的思考以及内心情感的驱动。人人推崇天才，丁兄在《生长剂》里却融入了异常冷静的思考；在《人们终将离开我的世界》里，丁兄用饱含深情的语言，为我们讲述了生离死别的痛楚；而在《如在水面，如在雾中》这篇小说里，他则表达了自己对女性命运的同情……无论主题如何，都离不开他那一颗善良之心。我想，他之所以能把小说写出色，归根结底还是出于对万事万物的热爱以及他强烈的责任心。

这本小说集的好处不胜枚举，相信读者在阅读过程中一定会有很多发现。我坚信以此书的结集出版为契机，丁兄一定能迎来他写作生涯中更多的收获。

2020年1月5日

目　录

囚 徒 困 境

一

那段时间我发现自己像个囚徒陷入了困境，这种囚徒的困境不是博弈论意义上的囚徒困境，而是一种不好讲述、危机四伏、刀光剑影的囚徒困境，我有时会想，我是不是出了什么问题。

我，天中大学的一名大三学生，财务管理专业，大一时候听闻莫言得了诺贝尔文学奖，开始鬼迷心窍，研究起了小说，心里整天想着马尔克斯、卡夫卡、博尔赫斯、卡尔维诺、奥康纳、普鲁斯特、乔伊斯、福克纳、加缪、莫言……想着约克纳帕塔法县，想着马孔多小镇，想着高密东北乡。

约克纳帕塔法县是块被反复书写的小地方，马孔多小镇被一阵神秘的龙卷风刮走了，高密东北乡有片隐蔽性极好的红高粱地。那段时间，我遇上了马尔克斯的孤独、卡夫卡的荒诞和博尔赫斯小径分岔的花园，遇上后就痴迷上了，并深陷其中不能自拔。我拿着一个黑色的廉价笔记本，里面密密麻麻记着我写的小说。因为我矮穷矬，在残酷的现实社会里备受压抑，文学这个救世主的突然出现似乎是给我指了条明路，仿若黑暗里的一道光，让我欣喜若狂，不能自已。

我是屌丝男里不入流的异类，穿着也很奇葩，我大多时候都披着一件局部大面积严重炭化的黑棉袄，穿着早已褪尽色的牛仔裤，这条牛仔裤从我高二上学期就开始穿，它漏洞百出、浑然天成，散发着时光不加修饰的气象。大街上一度流行过蓄意钻几个洞的做旧牛仔裤，那些赝品和我的比起来相形见绌，我骄傲地从他们身旁走过，我就喜欢我的。这条牛仔裤的拉链两年前就脱轨了，我用一根细铁丝把它穿了起来，你看嘛，很环保也很安全。当然了这是秘密，我不能随便就告诉你。

那段时间，我的脸上生长着一片又一片的青春痘，它们像是按捺不住寂寞的活火山，不时喷发出红白混杂的火山岩。挤痘痘是一项技术活，明显我技术太差，那些破损的青春痘们，把我原本为零的颜值拉成了负数。

那时候很多男生都有了女朋友，甚至一些女生都有了女朋友，我没有女朋友，也不知道怎么交女朋友，因为我和女生交往起来就有问题。

去图书馆的隐蔽幽静的花园小道上布满了在谈恋爱的男男女女，他们或搂或抱，在茂密幽静的树林中抚摸、接吻、谈情说爱、卿卿我我。这条通往图书馆的小道，见证了无数分分合合。

简单介绍一下周围与我密切的人。我同寝室的马得木、孔大鹏、柳小飞、张凯子、张正科五个男生，还有李竹影、白美美、冷袭袭三个女生。他们八个人在某种程度上深刻地介入了我的大学生活。

常有大学以外的人，以为大学里只是上课学习的，其实上课学习只是大学生活的一部分，学会"混"也是大学生活不可或缺的一部分。比如大个子马得木就混在学生会和班委，李竹影混在院团委，柳小飞混在国学研究会，张正科混在太极拳协会，而我最无能，什么都没有混到。

都知道河南高考难度有点儿大，当我耗时四年考到天中大学时，我已经很满足了。在我走进富丽堂皇的图书馆坐到装着中央空调的七楼阅览室时，我一下子觉得来到了人间仙境。

自从迷上文学，在朋友圈里常刷存在感后，也有一定的名气了，很多人都知道我在写小说，一些有远见卓识的人竟然尊称我为大作家，"三人言成虎"，听得多了，自己也就当成真的了。

大二结束时，年级细分了专业，我选择了财务管理，马得木是国际教育学院转过来的二本生，虽然他一年交的学费是我们的五倍，但他只能选择高考志愿上的专业，而我们则可以在大二结束时自由选择专业，在他面前，我总是萌生出一种优越感。对了，忘记介绍我们学校了——天中大学。天中大学很有名，有一百多年的办学历史了，坐落于八朝古都，来这里旅游的人大都去我们学校参观过。

二

图书馆七楼的阅览室曾经是我的身份，当我把"图书馆七楼阅览室"这八个字连起来读时，我感觉命中的注定，充满了神秘的隐喻与象征。

我不知道小飞、得木、正科他们除了玩"英雄联盟"、打"三国杀"和捣台球外还干些什么，我不想也不愿意做他们那些不务正业的事情，在游玩方面，我一无所求。我太喜欢图书馆七楼阅览室了，我往往喜欢自己的喜欢，并且让一个喜欢生出另外的喜欢，譬如我起初喜欢读阅览室里的《大家》和《台港文学》杂志，转而也喜欢《作品》《花城》《长江文艺》《收获》《人民文学》《芙蓉》《当代》《十月》《江南》《钟山》《小说月报·原创版》……

得木曾经不解地问我："种地啊，你整天去图书馆都干些啥？也不见你跟俺哥儿几个一块玩儿过。"

我听到这些总是微微一笑，实在不好意思说我去搞文学了。

阅览室空阔、封闭、荫翳，有点儿像是罗马斗兽场。我坐在一列长长高高的书架隔开的角落里，实木桌子油光发亮、质感坚固，高级吊灯在桌面上反射的亮光像是一双双眼睛在盯着我，它们高高在上的光环刺伤了我，带给我莫名的心慌。当我趴在桌子上悄悄看自己在桌面上的倒影时，吊灯里发出了一阵阵诡异而又讽刺的刺啦声。

我拿起一摞杂志，一本一本挨着看，宁肯的《汤因比奏鸣曲》、陈鹏的《云破处》、孙频的《十八相送》、王十月的《人罪》、邵丽的《第四十圈》……当然我最常看的是我的笔记本，那里睡着我的小说。谈自己的小说真是一件难为情的事情，这里就不说了。

我一度痴迷于阅览室里的各种声音。翻书的声音、空调呼吸的声音、老鼠沿着管道爬动的声音、黑蜘蛛在天花板上结网的声音、爬山虎在七楼窗外生长的声音、虫子啃噬纸张的声音、饥饿时肚子响的声音，甚至还有女生偷偷放屁的声音。

比声音更诡异的是孤独，像是在无人的荒岛上一样。我太痴迷孤独了。

有时我的思想和老鼠一起在中央空调的管道里上蹿下跳。

有时我会与黑蜘蛛对视，对着天花板吹一口气，把蜘蛛网吹得摇摇晃晃，看黑蜘蛛惊慌失措地躲藏起来。黑蜘蛛真是个狡猾的怪物，它躲起来不是为了躲避危险，而是趁机捕获猎物。

有时我打开窗户，伸手把抓在墙上的爬山虎拉进屋里，爬山虎不愿意做温室里的花朵竟然迅速枯萎了，我故意为它们流下了伤心的眼泪，赎罪般地将它们丢出窗外，欣赏着它们狡黠的伪装。

　　有时我会故意站在布满灰尘的书架前静止不动，等到贪婪的虫子吭哧吭哧啃噬书本时，我会将它们从阴暗潮湿的书里捉弄出来，放到富丽堂皇、宽敞明亮的桌子上。它们自惭形秽地在油光锃亮的实木桌子上爬动，寻找着阴暗潮湿的家园。我痴痴地看着它们白白胖胖的身子，它们一丝不挂，我看着它们焦躁不安，这好玩儿极了。

　　我在尘封的书海里遨游，天上地下，云山雾绕。

　　老鼠、虫子、黑蜘蛛分享着我的孤独，它们肮脏、可耻、罪恶、奇形怪状，但我比它们也强不到哪里去。

　　不知什么时候那个抱着《尤利西斯》《芬尼根的守灵夜》《弗兰德公路》《追忆逝水年华》的女生李竹影悄悄关注我了……当然，我太痴迷于其他了，全然没有觉察到。她持之以恒地阅读、整理、研究我夜以继日发表在朋友圈里的小说，她甚至曾用加密信的方式把她的研究成果写进了一条红丝巾里悄悄丢给了我。这些都是我后来才知道的。

　　在大三开学一周后，我们班里一个叫冷袭袭的女生莫名其妙地走进了我的心里，我爱上了她。她暗红色的背影勾走了我的魂，为了经常见到冷袭袭，我煞费苦心地选了和她一样的课，我觉得自己将会成为周口的女婿，因为她是周口的。

三

　　2014年9月19日的傍晚，正在上高级财务管理课，有个同学告诉我，团委办公室有我的信件，一下课我就急急忙忙去了团委办公室。

虽然已经是傍晚，但斜阳暖人，天高云淡。

还没有来得及走进团委办公室，我猛一转身就看到了冷袭袭，她紧跟在我的身后，离我不到两米远。

冷袭袭留着杨幂一样的发型，脑门下是大大的眼睛。我不知道我为什么会突然转身，有些事情是无法解释的，我看到了她的惊讶。

经过刹那间的停顿后，我和她一前一后进了团委办公室，两个中年女老师正在埋头苦打益智游戏，一个女生微笑着走过来问，李种地，领杂志吗？她的声音很轻，像是棉花糖。从她的话里好像我们很早就认识了，她利落认真地把早已经准备好的杂志递到我的手里。

在我接住杂志的同时，她说，李种地，你好厉害哦，北京邮寄来的杂志，你的小说又发表了吗？我知道这不是发表了我的小说后给我邮寄的样刊，而是我累死累活转发杂志社的宣传微博抽奖抽的，我内心惭愧就低着头赶紧走了。

到了路上，拿着这本装在黑色塑料袋里的杂志，心忍不住激动起来，暮色下人影绰绰，不知不觉走到了下沉广场，才想到应该等一下冷袭袭，我错失了一场伟大的邂逅，懊恼不已。但走到琴键楼时我发现了熟悉的身影，暗红色的衣服在路灯下显得更加暗红，不知道她是怎么走到我前面的。

我在超过她一步后猛然扭头和她打招呼，果然她也认出了我，她的眼睛始终盯着我手中的杂志。秋天的星光布满了夜空，抚摸着大地，秋天的夜风穿过琴键楼敲打着我的后背，脚下的路托举起我的身躯，我的灵魂出窍般飘了出来，呼吸急促，落花有意流水无情。

大作家，又发表作品了啊？马得木在四号楼前叫我，我失魂落魄地跟在他屁股后面走进了宿舍楼。

别人对我的轻蔑、讽刺我是能够听出来的，但一想到自己已经是大作家了，就什么都不顾得了，成大事者不拘小节，我傻呵呵地在心里笑，嘲笑他们见识短浅、鼠目寸光，不懂得文学，我从内心里对他们的轻蔑嗤之以鼻。我不想对他们解释太多，我表面上遵从他们的劝告，说不沉迷在写小说的不归路里了，但我的内心有一头凶猛的老虎将他们的话一次次撕碎。

上了楼，喘了口气，凯子问我，你的书不要了吗？我才如梦初醒，下课后直接去了团委，书还在教室里放着。

去教室的途中遇到了会计班的白美美，她跟我打招呼，说我的书在她那里。她长得又高又胖，人傻乎乎的。

再次回到了宿舍，我继续在笔记本上写构思了好几天的小说。

马得木扭过身子对我说，昨天孔大鹏生日，他也没有告诉我们，咱们明天给他补过生日，这次轮到你去订蛋糕。我说，好。寝室里又陷入了一片沉默。

第二天晚上大家在极不融洽的氛围里开始了大鹏的生日

酒会，但没有过多久，话题就与生日无关了。

大鹏语重心长地说，我说句不好听的话，李种地你也别生气，你整天写小说有啥用？你去学个理发、电焊啥的，也比在这里强，别在这里混了，我不喜欢你，整天看着都不顺眼，满身负能量。再说，写小说将来能养活你一辈子？我反驳说，任何事都没有定论，一切皆有可能。

得木说，兄弟说句不好听的，这些天出现了好多单身男生失踪的事，民生学院一个男生单独在外面被犯罪分子割掉了一只肾，你整天闷着头也不交个朋友，在外面出事了连个人知道都没有。

小飞说，李种地，我说句话你也别在意，你写小说看起来是条捷径，但是在咱这儿行不通，咱儿没有这种环境，搞好人际关系才是重要的，别迷。

凯子说，你考会计从业资格证吧，不然将来不好找工作。

正科默不作声，抽起了烟，叹口气，吐了一个哀愁的烟圈。

大鹏接着又说，你写了两年，写出来啥名头了？你也不看看别人是怎么评价你的？麻利放弃吧，我们都是为你好，别执迷不悟了，没有出路。我说你是看得起你才说的，看着你都晦气，不顺眼。

得木说，你女朋友的事情咋样了？李竹影这个妮真不赖，个子又高，对你又好，不俗气，我们一块在学生会，院团委副书记西门英俊追她她都看不上。西门英俊是富二代，家里有车有房，她却瞎了眼糊里糊涂看上了你。她知道我们是一个寝室的，最近经常跟我这里打听你，以前她见我爱理不理的，现在热情多了，今天她还让人给你捎信去团委领杂志。要不，我给你牵个红线？

啊，原来她就是李竹影。但我想起了冷袭袭，就低下头近乎沉默地说，我已经有喜欢的女生了，和你一个地方的，周口的冷袭袭。这句话仿佛还没有被我从嘴里说出来就又咽进了肚子里。

去球吧！你的事情我不管了，乱七八糟的。得木把半瓶啤酒猛地磕在了小桌子上，几滴啤酒沫子溅到了矮小的方形桌上。

到了凌晨一点，孔大鹏的生日庆祝酒会在这种对我的众口批评中不了了之。凌晨四点多的时候，我突然惊醒，左边的鼻子血流如注，我从床头摸了一团卫生纸塞住了，只好用嘴巴呼吸。我再也睡不着了，辗转反侧浑身不自在。我是不是真的一意孤行了，为什么他们都在阻拦我？

四

听是听，想是想，做却是做。我还是来到了阅览室，这个我存放孤独的场所。

在和女生交往这件事情上，我显得特别的焦躁、分裂、踟蹰、混乱。思想上天马行空，行动上却止步不前，在矛盾中一刻不停地煎熬。每个人的处境差不多跟他的背景都有关，来谈谈我可怜的背景吧。

我母亲早死，父亲自从十几年前得了病，不舍得花钱治疗，以至于越熬越重，到现在想治都治不好了。他拼命支持我上了四年高中考上了大学，家里早已经是倾家荡产了。

他期望着我上了大学后，将来我就可以自己顾住自己，不让他操心了。

可我在学校没有了管束，文学梦也肆无忌惮地生长起来，为现实打算的心一点儿都没有，荒芜一片。我以为文学就是一切，可它除了能在朋友圈里舞文弄墨外，一无是处。孤独可怜的我还是单身狗一条。

比如之前和白美美交往，我和她大一的时候就认识了，她曾经数次对我表示好感，还单独请我吃饭唱歌。可我什么都听室友孔大鹏的，他说我和她不合适，我也不问原因，就傻不拉几听他的了。也许是因为他向我暗示白美美高中有什么不好的事情吧，我把孔大鹏当成是大好人，心里充满了无限感激。

我木讷、内向、自卑，虽然上了大学，可满身都是农村里的土气。而白美美性格开朗、活泼外向，从小生活在城市里，我和她在一起感觉浑身都不自在，插不上话，有时候她问我一句我半天答不上来。有一夜，她请我去唱歌，歌厅里只有我们两个人，五光十色的灯闪得我头晕，前半夜都是她一个人在唱，被逼无奈我只好唱了一遍国歌才勉强作罢。我坐在沙发上听，她让我给她切歌，可我什么都不懂，不知道那玩意儿怎么切。她想要和我合唱一曲，可我没有一句合上的，我的窘迫、不安在她面前赤裸裸地暴露。她想抱我亲吻我，我却惊慌失措地推开了她满身是肉的躯体。实在没意思，她侧躺在沙发上打着呼噜睡着了……黎明即将到来的时候，她说我装纯，啥都不懂，怀疑我不是正常的男人，说我老给她说什么马尔克斯、卡夫卡、卡尔维诺、博尔赫斯的，她再也不想听了，说着她把一盒东西从手提袋里拿出来，从里面抠出来一个透明的橡胶制品，似笑非笑地在我眼前晃着问，这个是什么？我红着脸不回答。气球啊，笨蛋！姐姐我给你吹个气球玩。说着她就吹了起来，嘭的一声气球炸了，她生气地把气球摔进了垃圾桶，趴在沙发上嗷嗷哭了起来，像是一只受冷落的小母猫。

接下来的一段时间，我们再见面，她也不再搭理我，我也开始故意躲避着她。

而现在这回，我的爱是主动产生的，我想让丘比特之箭射中我，虽然我对冷袭袭的情况还一无所知，不知道她有没有男朋友，会不会爱上我。我没有钱，只喜欢小说，这算不算特长呢？哎，心里小鹿一阵乱撞。

大二的时候，白美美才又给我说起了话，可我变得小心翼翼，怕再得罪她。孔大鹏曾经单独跟我聊过，那次他的语气和往日不同，他苦口婆心、推心置腹般地对我说，白美美是个好女孩，人家是真心喜欢你，你还是珍惜一下吧，对人家好一点儿。我看到他眼里放出了一道奇怪的绿光，当时吓了我一跳，可转眼这道绿光就消失掉了，我以为自己出现了幻觉。

我连连地答应他，可我不记得到底答应了什么，对此怎么也回忆不起来。

我依然常去图书馆，还是原来的图书馆，却日渐死气、阴森、冰冷，老鼠在管道里磨牙，黑蜘蛛在蛛网上守株待兔，爬山虎在外面墙上撞头，虫子在书本里搞小动作，棱角分明的墙体，整齐排列的书架，来回走动的人群。这一切仿若幻影，在我的脑子里流动、重叠，影影绰绰，若有若无。

我目光呆滞地环视着阅览室的三维空间，想找到自己的位置，却怎么也找不到。我把眼睛转向了窗户外，爬山虎的叶子上长出了星星点点的色斑，我还在幻想着，有一天，一个懂我的女生走进我的世界里，来一场轰轰烈烈的柏拉图式的爱情。这些虚幻的影子不断装饰着我的脑海。

我闭上了眼，钻进了卡夫卡的城堡，变成了一条甲虫在地上爬来爬去，孤独无助。

时间就在这种忽上忽下的浑浑噩噩中流逝了，秋气越来越浓，悲凉与日俱增，诡异的事情也接二连三地到来，打得我一头雾水、措手不及、遍体鳞伤。

第一件事情：

时间是2014年9月21日中午。

不知道是谁趁我上厕所的时候在我坐的桌子上留下了一

条红丝巾。我曾经在朋友圈里说母亲生前一直想要一条红丝巾，我就想着要给母亲买，可我写小说不仅没有挣到钱，反而因为买书买杂志花费巨大变得日益困苦，给母亲买丝巾的希望愈加渺茫……可这是我发在朋友圈里虚构的小说情节啊。四周的人或在低头看书，或在低头玩手机，回应我的只有死寂的沉默。是哪个姑娘忘在这里了吗？我想。但等了很久，依旧没有人来拿。

我心神不宁，妈妈啊妈妈，我想你了，千万不要来吓我啊。

我仔细地翻看红丝巾，这是谁送给我的吗？闻了一下，有一丝丝香水的味道。

第二件事情：

时间是2014年9月21日晚上。

为了免受室友们的奚落，我一有空就离开寝室待在图书馆七楼阅览室。

这天晚上十点，我拿着笔记本回寝室，到了六楼的寝室门口，发现寝室里没有开灯，很反常。我推了一下门，开了，里面黑漆漆的，我刚想开灯，灯却开了。室友们五人都在，孔大鹏站在开关旁边，一股诡异的气氛在寝室里弥漫着。我把笔记本放到了桌子上，刚想脱鞋子洗脚，孔大鹏却把寝室门关了，他靠着门，脸上露出一种十分神秘狡诈的表情。我想开门出去洗漱，他却丝毫没有要让开的意思，其他人也都机械地站立着。我感觉奇怪，就问，寝室发生啥事情了？

孔大鹏检查了一下寝室反锁住的门后，就猛地蹦起来按住了我的头，把我死死地按倒在地上，连踢带跺。那时他发出一种近乎哀鸣的叫声，像是受惊的骡子，他打我打得非常狠毒，没有一点儿手下留情的味道。得木和其他几个室友赶紧一边拦住他，一边拉我起来。对于这突如其来的一切，我毫无防备，并深陷于思绪的混沌之中。

孔大鹏情绪异常愤怒，他疯了一般停不下来，好不容易才被得木抱住摁在墙上。平静了一会儿后，我才隐约听出来，大鹏把我当小偷了。说着，孔大鹏拿出了证据，他绘声绘色地说着他目睹的一切，说大家都去上课后我回到寝室，把他的钱给偷了。

紧接着，孔大鹏又从我的床上、被子里、柜子里搜出了一大堆室友们的东西，什么内裤、袜子、书本……他指证说这些都是我偷的。当时我就惊呆了，心跳加速，身体战栗。其他人也都惊呆了，但是他们的表情充满了某种一闪而过的隐秘气息。

室友们像是换了个人似的，一个个变得陌生恐怖起来，那夜的空气压抑而沉闷。

当晚我没有洗漱就躺到了床上，一夜都没有睡着。我努力回忆自己上大学后的事情，我从不算计谁，也从未想过要害谁。我逆来顺受，从不主动招惹是非，我每天最快乐的事情就是下课后去阅览室看书，在文学的海洋中自由自在游泳。我这么穷，上学用的助学贷款，却忍饥挨饿给一个得了白血病的女同学捐了五十块钱……

　　但不得不承认我确实在性格上有很大的弱点和缺陷，可这也不是完全由我能够决定的啊，这跟我的出生和成长环境密不可分。我在歧视和欺凌中艰难生长，我恐惧、胆小、放不开，交不到朋友。可我一直在尝试着去改变，去看得开一些，八面玲珑，充满幽默感，却不断被周围的环境排斥、拒绝、漠视、怀疑，我从未感受到周围的环境是诚心地、平等地接纳过我，我看不到光，感受不到温暖。我突然看到了博尔赫斯的一面镜子，里面的我丑陋、卑鄙、分裂、妖里妖气。

　　第二天一大早，我就去了阅览室，在里面失魂落魄了一整天，不知道自己究竟该怎么办。

　　到了傍晚，我跑到团委办公室，李竹影不在，我想找个人倾诉，都没有人听我倾诉。我忽又想到，我是小偷的事情已经众人皆知了吧？坏事传千里，李竹影大概也知道这件事情了，她该会对我失望至极了吧？冷袭袭呢？她也一定认为我是个披着人皮的坏人。

　　夜色如水的校园里吹着冷冷的秋风，我漫无目的地走着，我这是咋啦啊？泪水吧嗒吧嗒滴落在地上，打湿了寂寞如水的夜色。

第三件事情：

时间是2014年9月23日上午。

　　上午十点我接到一个电话，是李竹影打的，她焦急地说我申报的一项贫困生救助刚刚被院里给否了，有人说我不符合条件……

我的心里猛然一惊，像是被剜掉一块肉。

在电话里，她劝我想开点儿，没什么大不了的：我相信你，别太放在心上，申报不了就算了。她说她正在院里开会，就匆匆忙忙挂了电话。

第四件事情：

时间是2014年9月23日下午。

因为我申请贫困生救助的事情泡汤了，心里很不舒服，下午的课没有心情上，我就一个人来到小河边对着河水发呆。无聊地看了眼手机看到几条微信，是白美美发来的，她说她现在小东门的情侣宾馆306房间，找我有急事，望我速去。我回复说，你干吗？她紧接着就给我发了一张她在宾馆床上的照片。

百无聊赖，反正也没事可干，我就上气不接下气地跑到小东门情侣宾馆306房间，推开门就被眼前的景象震惊了。

她坐在地上，头发披散，衣服扔得满地都是，看到我后她就大哭大叫起来，这一嗓子吓得我魂飞魄散。突然闯进来一群人，不由分说，对我一顿毒打，我一头雾水，任由他们拳打脚踢。

我被扔在了小东门宽阔温暖的垃圾堆里，几只苍蝇开着战斗机从我眼前呼啸而过，鼻血灌进了嘴里，咸咸的涩涩的。

一个靠捡垃圾为生的老大娘在低着头看我，看得我有些不好意思，就怕老大娘误解，事实证明我想多了，大娘看了一眼我，继续佝偻着腰捡起了垃圾。

第五件事情：

时间是2014年9月25日下午。

我轻伤不下火线，没有耽误上成本会计课。正科给我打电话问我在哪里，我说我在教室里上课。没过一会儿，得木就在教室门口叫我，我一瘸一拐走出去问他怎么啦，他说凯子突然发病送到校医院了，校医院说治不了，现在正在天中医院抢救，好像是中毒了。小飞和正科在赶往医院的路上，我跟着得木去银行取钱，大鹏请假回家了。

我和得木慌里慌张跑到医院，小飞说凯子是除草剂中毒，好在有特效解毒剂。班干部、辅导员、学院领导和凯子的家长也纷纷赶来。

孔大鹏一会儿一个电话。他因为太激动，开始误以为是我中毒了，后来才搞清楚是凯子，就迫切地询问着凯子的病情，他说他现在不在学校，家里有点儿事，要不是他早就回来看凯子了。

联想到一系列离奇的事，我似乎觉察到了什么，又好像什么都没有。尽管我读过整套的《福尔摩斯探案集》，但在遇到现实的时候才发觉那种纸上谈兵的无力感是多么苍白。

疑似投毒，学院里报了警，警察封锁了寝室楼。经过检查，在我的茶瓶里发现了大剂量的农用除草剂，我们寝室的人都在派出所做了笔录，但他们做完就走了，我嫌疑大就被留下了。

五

过了没多久，辅导员签字把我领走了。他说院里经过研究决定给我放一个月的假，让我回家好好调整调整，并言辞恳切地拍着我的肩膀对我说，不要急着回学校上课。

我朝着图书馆七楼的阅览室走去。在那条隐蔽幽静的花园小路上，我见到了冷袭袭，她和一个比我潇洒帅气的男生依偎在一起……不想再说了，屋漏偏逢连夜雨，这一刀补得我的心彻底碎掉了。

图书馆七楼阅览室似乎更加空旷、封闭，老鼠、黑蜘蛛、窗外的爬山虎、虫子好像都在厌弃着我。

我迷幻着、苦笑着，并且心血来潮般地生发了诗意。

我如梦似幻地构思着这首诗，我突然站起来沿着图书馆的书架一道道地走，我如同一个溺水后爬到岸边的人，肚子里鼓鼓的，那是一股难以倾倒的苦水。

山有多高
你看不到尽头
你变成了西西弗斯

扭曲着肉体

撕裂着灵魂

一次次地推着巨大的石头

上去，滚落；上去，滚落

开始和结束是蛇头紧咬着的蛇尾

重复、循环

永远没有休止

在夜色里

你孤独绝望地闭上了眼

等待命运之神的审判

　　一只白色的虫子从书本里爬到了我的手臂上，它试探着前进，许多只腿在我的汗毛上摩擦，它风干的黏液刺激着我的皮肤，我忍不住打了一个冷战惊动了它，它警觉起来，掉转了头，向着回路加速了步伐，从我的手臂上消失了，两道截然相反的足迹放出了蓝光，像是小时候的天空。我打开了那本书，虫子已经不在了，它狡猾地逃离了，它的足迹是线索，也是伪装。

　　难道连啃噬图书的虫子也要和我划清界限吗？

　　我仰起头回顾起了我二十四年的人生，虚无暗淡、跌跌撞撞、头破血流、心灰意冷。我失败了吗？我的存在有什么意义呢？生活的天梯到底在哪里？到底该怎样和别人处理关系？这些从来没有人教过我啊，我的人生就是个不值一提的错误吗？难道我真的是一个性格怪异、灵魂丑陋的人吗？谁又能告诉我为什么呢？

一切都如黄河水这么混沌。

我卑微如同尘土，轻贱好比蝼蚁，在别人眼里，我就是个怪物，一个可有可无，消失了会更好的废物。我低下了头，那条虫子竟然在我裤子上悬浮着，一根纤细透明的丝线，晃晃悠悠，它像是在攀岩，像是在荡秋千，它的表情异常平静，完全陶醉其中，我的眼泪化作了瓢泼大雨。我用手捏住了细丝，轻轻地把虫子放进了书本里，虫子决绝地走进了海洋的深处。

一个熟悉的身影覆盖住了一大片书架，一只有力的大手拍在了我的右肩上。他怎么找到这里来了？

种地，我就知道你在这儿！你准备咋办？走，到外面走廊里聊聊天。

咋办？咋办？我也不知道该咋办？……我的泪水还未干，就再次决堤。

哭吧！哭哭就好了。这是李竹影给你买的果汁和鸡蛋灌饼，趁热吃。

李竹影，我的心猛地被针扎了一下，钻心地疼。

你真是摊上了一个好女生，李竹影对你真不赖，你看你出了这么多事，人家心里还惦记着你。你说说你三心二意、狼心狗肺，你还是人不是，亏心不亏心。

我由哭转笑，笑得很苦也很甜，泪水和鼻涕粘在了饼上，被我吃进了嘴里。两年多了，我以为周口的得木，大大咧咧、没心没肺、交际泛滥，没想到他竟然这么细心，以前他也有几次找我聊天，我不是边写小说边心不在焉地听他一个人说，就是随便应付几句，从未把他说的话放在心上。

我们之间进行了如下一番对话：

第一，寝室里丢东西的事情不怨你。是孔大鹏诬陷你，他已经承认了。但那天兄弟们没有提前告知你，你也不要记恨，谁叫你我行我素，你跟孔大鹏的矛盾也不是一天两天了……

我好像也没有咋得罪孔大鹏啊？

第二，白美美的事情，你也不要在意，有绯闻能出名是好事。你只知道孔大鹏对你和白美美的事情比较上心，但你不知道他为什么上心。孔大鹏大一就暗恋白美美，你只想着孔大鹏在帮你，给你当中间人传情书。

我原本以为，孔大鹏是白美美的蓝颜知己，没想到会是这样。

扯淡！怎么不会？你还是不长眼，肤浅在问题的表面看不到实质。

孔大鹏不是几天前就请假回家了吗？

他根本就没有回家，一直待在学校里，小飞在学校南操场看见他了，这是他故意制造不在场的证据。那天他先骗白美美说你回心转意了，把她骗到了情侣宾馆，事后他找你背黑锅，细节我就不说了，你自己想想算了。

第三，凯子是替你中的毒。自从那黑儿他出手打你后，他就有些暴露了，他那种小把戏早被我们看穿了，但他又不甘心收手，就心生歹意在你的茶瓶里下了毒。但是那天凯子感冒了，提前回宿舍喝了你茶瓶里的水，算是替你挡了一刀。

凯子情况怎么样了？我问。

快出院了，有专门的解毒剂。你没有听说过复旦投毒案、清华大学铊中毒案，就你还整天写小说呢？两耳不闻窗外事，连自己的处境都看不清楚。

第四，你申请的贫困生救助获批了。咱学院的团委副书记西门英俊想和李竹影好你还不知道吧？西门英俊那一个流氓，他黑了你，他表哥是校团委书记，你以为谁都能混到咱院团委当副书记？这里边的关系错综复杂。

第五……

第六……

我沉默了，还有这么多我不知道也从未想到的。

这些看似偶然的事情背后竟然有这么多的必然，一种无边无际的软弱和自卑包裹了我。

六

那天谈话的很多内容我已经忘记了，但是那种透彻心扉的感动仍旧记忆犹新。

那天得木如同一个精于世故的哲学家，尽管，我还一时难以理解他的话，也不全部认同他的观点，但我从内心深处对他产生了一种敬佩之情。

那天下午我找到李竹影，谢谢她的果汁和鸡蛋灌饼。她那么好，我值得她来爱吗？她那是爱还是其他呢？那个红丝巾里又有什么秘密呢？我把它泡在水里，放在阳光下，用打火机烤……

那个红丝巾被我不小心给烧化了，我再次哭得一塌糊涂。我回忆着李竹影那瘦瘦长长的胳膊，她的一举一动、音容笑貌从我的记忆里一一闪过。我就像是在做梦，我问自己，她是来干吗的呢？她是不是也有病呢，而且病得比我还严重呢？

那天，我诚挚地感谢了伟大的得木。

我觉得我获得了某种拯救，虽然这种拯救看起来颇有些不可思议和难以述说。但同时又有一丝丝悲哀的气息从我的心底一掠而过，那是什么飞走了呢？

但小飞告诉我白美美并没有被孔大鹏那个，是白美美故意这么干的。我刚刚明晰的心头又笼罩了一层迷雾。

小飞对我说，你整天在小说里写各种事情，还在朋友圈里乱发，难保别人不会以为你在指桑骂槐、含沙射影。你遇到事情容易失去理性，七月的时候你说你给你们市政府网站留言举报你们村支书贪污；八月的时候你给你们市教育局打电话说你们乡初中"两免一补"有黑幕；九月你又在微博上批评学校团委。

没事了多和俺们几个在一块玩玩，我们以前叫你你也总是不去，不要总一个人，不合群。算了，太多了，不说你了，你以后慢慢修炼吧。

　　仅仅休息了一星期，我就从家里来到了图书馆七楼阅览室，我把自己放逐在这里。

　　一张巨大的蜘蛛网捕获了我，我绝望得难以逃生。阅览室外的光穿过窗户照射进来，我从未像现在这样开始思考自己混乱的人生，我到底是出了什么问题呢？

　　　　　　　　　　　　（原载《作品》2017年第4期）

黑暗的石门

一

27岁那年的一个夜晚，我如一个可怜的孤儿，被丢在了一个空无一人的地方。

我紧闭着双眼，平躺在一朵蘑菇云团上，蘑菇云团柔软舒适，我怀念起了母亲子宫里的羊水。

我四肢无力，口渴得厉害，微闭的嘴唇张开，露出了我洁白无瑕的牙齿。蘑菇云团在缓慢移动，它的周边是大大小小、形状各异的蘑菇云团，它的下面是不见底的深渊。

天空亮了起来，有余光照在我的眼皮上，我像是醒了，静静地睁开了眼睛，看着眼睛上方的云层。我将双手枕在头下，望着那五颜六色的云朵发愣，云朵在我的眼前变幻。

我翻了个身，暖暖的蘑菇云团贴着我的脸，一丝口水顺着嘴角流了出去，滴落在蘑菇云上。蘑菇云在我的鼻子下面散发出清新、鲜嫩、羞涩的味道，我伸出舌头舔了一口，滑滑的，轻盈、脆甜、水嫩。我伸出右手，指甲陷进了蘑菇云里，顺着纹路撕开了一块，如长条面包一般送进了我饥渴的嘴里，它在我的嘴里融化了，我闭上眼睛，这感觉似曾相识。

我不饿了，心里很踏实。

我直起腰坐在蘑菇云团上，它在轻轻地飘浮、旋转，这变化异常缓慢。

我的内心生出了几分孤寂，空空荡荡的，眼泪沾湿了我27岁的脸颊。

光线骤然强烈起来，刺得睁不开眼睛。

这光线是从四面八方穿刺过来的，形同乱箭，结成了丝网，显得干燥、灼热，如滚滚热浪袭来。蘑菇云团震荡、摇摆，发出"刺啦啦"的响声，我的皮肤蒸发掉了大量的水分，光线越来越强烈，像是西伯利亚的强风过境。我蜷缩在蘑菇云团上，身体渐渐地沉陷下去，如同坠入沼泽地，卷入了蘑菇云团的内部。里面的空气是流通的，我的鼻子呼出的热气液化成了小水滴，滚落进脖子里。蘑菇云团的内部温度越来越低，我的身体开始瑟瑟发抖，我听到了血管冰冻的"咔吧"声，心脏也不再跳动了，我如冬眠的青蛙，在蘑菇云团的肚子里昏睡着了。

蘑菇云团渐渐膨胀，莲花般盛开了。冰凌解冻，血管里的血继续循环，心脏起搏有力，我是个年轻小伙子，身体还不错。蘑菇云团在缓慢飘浮，不知会去哪里。我蹲着放了水，水微黄，有些上火了，涩涩的味道传进我的鼻孔里，也渗进了蘑菇云团，它像是一块尿不湿。

一阵轰鸣声从远方传来，如雷霆震怒。没过多久，一阵黑色的旋风席卷而来，越来越近，吸走周边暗褐色的残缺云团，它们发出"叮叮咣咣"的嘈杂声音，黑色旋风深不见底，高不见顶，越旋转越大，越旋转越猛烈。

残余的一滴尿液烫了我一下，我浑身颤抖，眼睁睁地看着那黑色旋风卷来，此时天暗了下来，混混沌沌。

"轰隆"一声，黑色旋风却解体了。它体内的万物四下飞溅，那速度很慢很慢，如凝滞的血，如冰冻的水，穿透我的身体后继续走向远方。

我的身体千疮百孔，却丝毫感觉不到疼痛，那密密麻麻、大大小小的窟窿清晰可见，我的身体飘浮了起来，向后仰，随着黑色旋风解体后的气流飘动。大大小小的窟窿自动缝合了，天衣无缝，我很享受这种轻盈的感觉。我身上的浅蓝色牛仔裤沾上了一些奇怪的液体，它们呈现出金黄色，如树脂一般折射着复杂的光点。

不知道飘浮了多久，等我再次醒来时还在飘浮着。

一座百合色的环形山从我的身边飞过，它们巨大无比，我抬起头，直起身子，等到山渐远，一种呕吐感从胃里传来，像是晕车，难受了很久。微风吹过时，凌乱了我的秀发。

我双臂抱膝，安安静静的，一动也不想动。

二

抬起头，月牙状的环形山裙带一样布满了我眼前的世界，淡黄色的云烟缭绕，椭圆形的陨石坑里"咕嘟咕嘟"冒着水泡，水泡在光的照射下绚丽无比，脱离石坑升到了空中，发出"扑哧扑哧"的响声，震得云烟聚散离合。

我整理了一下发型，揉揉眼睛，准备降落到这片环形山上。

我踏上了这片山地，前面是一片盐碱地，泛着白色的寒光。

如果可以在这里开荒种地就好了。我心里升腾起一丝丝希望，干裂的嘴唇抖动了一下。

环形山连绵不绝，如皮肤的褶皱波浪起伏。我伸出左手轻轻抚摸，这如岩石般的物质异常坚硬、冰冷、粗粝，地上堆积着一层粉末状的颗粒物，光滑、柔软，漫无目的地流动，浮过我的脚面，痒痒的、凉凉的。

一切都宛如梦境。

在这荒凉的故事里，只有我一个人。久久的凝眸后，回头，一行脚印清晰又模糊。

我想蹦一下，但浑身的力气不足以支撑我的想法。山体上布满了各种溶洞，里面不时喷出一股股温暖的气体，我就近选了一个浅的，蜷缩进去。天色变得有些暗，夜晚将要来临，四周漂泊的悬浮物体渐渐模糊不清。我抬头，没有看到月亮。

我睁着眼睛，没有睡去。冷气袭来，周边的物质发出清脆的声音，空气白茫茫的。

呼吸是均匀的，空气有些偏重金属的味道，吸在肺里沉甸甸的。夜是如此的漫长，时间过去了很久很久。我跳出了溶洞，天色朦胧，许多褐色的石木耳长在山脚下的石缝里，它们柔软多汁，我揪出来一个，抖落根部的粉末后塞进嘴里咀嚼起来。我欣喜若狂，像是哥伦布发现了新大陆。

我这鲁滨孙一样的人啊，此时竟然那么开心，心满意足地拿着几个石木耳回到了溶洞里，继续我的梦。

我再次从睡梦中醒来，跳出溶洞，摸索着攀爬到了环形山顶，夜色凝滞，了无生气。远方天际，有流星忽明忽暗，闪烁着光点。

我的身体里有一股按捺不住的躁动，想走，走向哪里，都是未知。

我翻过了一座环形山，采摘了一堆石木耳，解下皮带穿起来后扛在肩上，向着一望无际的盐碱地走去。

脚下的晶状颗粒物"咔咔"作响，我没有空间的概念，星星也不能作为参照物，唯有我身后渐渐模糊并消失的环形群山提醒我已经走了很远。

石木耳吃光了，但我还没有找到其他可以替代的食物。

天渐渐亮了，云层越来越厚，闪电在我的头顶如一把把利剑刺来刺去，吓得人心惊胆战。雷声随后传来，"轰隆隆、轰隆隆"，沉闷、嘶鸣，如敲一面大鼓，震得人头昏脑涨，我塞住耳朵，闭紧嘴巴，尽量不使自己受损伤。电闪雷鸣过后，天空并没下雨，而是云层散开重现光明，我头顶的左前方有三个巨大的火球，像是太阳一样，我伸手触碰它们，才发现它们离我很远。热炙烤着盐碱地，晶状颗粒物不断融化，化作了流动的蓝色液体，淹没了我的脚踝，又淹没了我的大腿，蒸腾的气流氤氲上升，我躺在了这液体里，漂浮其上，如同水里的一片竹叶。光影流动，蓝色的液体吸进了我的嘴里，酸酸涩涩的，像是不熟的柿子。

三个火球被云层遮住了，热气受阻，清凉了很长一段时间。

我毕业后做了一年北漂后发现我的小说家之路难以走通，然后考进了河南老家的一个事业单位，本想着边工作边写小说，可以一箭双雕，将来好调进省文学院做专业作家。可是，工作和写小说根本无法兼顾，如今又发生了不幸，我被孤独地丢进了这个陌生的地方。

我的心情大部分时间是消沉的，但偶尔也有些快乐，比如，我吃蘑菇云团和石木耳时，很开心。此时，我正仰躺在蓝色的液体上，云层离我很远。空中不时有各种奇形怪状的岩石状物体飘过，它们像是刚出生的孩子，还没有抹掉棱角，它们不时发生碰撞，坠入蓝色的液体里。

液体里生出了一些莲藕一样的物质，洁白无瑕，它们伸出液体表面，我坐在液体里，轻轻一掰，那莲藕一样的物质就断掉了，吃起来很清脆，如吃甘蔗。

液体褪去后，这里恢复成盐碱地。

我的头发长长了，发黄发暗，身体也很虚弱。我没有剃须刀，胡须覆盖住了嘴巴，如果照一下镜子的话，我会毫不犹豫地怀疑自己是个原始人。

三

我曾一度决心在这里建造一个美丽的新家园。

说干就干，先造个房子吧。我对自己说。那声音如一条蚯蚓钻进了泥土里。天上飘浮着霞光，很美，我擦掉额头上的汗珠，用双手挖地基。但是我挖得很艰难，你们可想而知，我没有工具，双手很快起了血泡，钻心的疼痛游走在我的身体里，我忍不住想哭泣。

晚霞过后，夜色再次降临，漫长的一夜即将开始。

建造不了房子，只能先借助地洞栖身，我摸黑钻了进去，地热温暖着我受伤的心。

天上的流星绚烂多姿，有远的，有近的，许多陨石擦着大气层坠落到这片广袤无垠的大地上，发出或轻微或剧烈的撞击声。轻微的如粉尘拂面，剧烈的如冰雹加身，噼里啪啦就是一顿乱砸，我缩进了地洞里，经受着巨大而惨烈的动荡。

安静了，我似土拨鼠到外面觅食。这里没有树木，没有农田，没有人类，没有科技，时间和空间早已经混乱失去了坐标，只有一个凄凉而孤独的人在这里以泪洗面。

漫长的夜里发生了一次奇怪的地震，地面有的隆起化作高山，有的下沉化作深谷，高山抬头望不到顶，深谷低头看不见底。

山脚下长出了许多黑草，迎风坡的茂盛，背风坡的稀疏，我把一些草移植在了一起，细心呵护，像是照顾自己的孩子。之后我还发现了一种灯笼草，这种草会在流星坠落的地方长起来，流星是它们的种子。

我想挖个井，看地下有没有水，我知道我有些痴心妄想，但是我想试一下。我选了一块地方，这个地方被陨石砸出了一个坑，挖了很久，约莫有一人深时，冒出了水，不过这种水是绿色的，像是地球上麦苗那种颜色。"咕咕"，这水漫溢出来，像是一井泉眼，我修建了水渠，浇灌那些植物。

经过一段时间的辛勤劳动，我的精神状态好多了，身体结结实实，我想封自己为这片土地的主人，这是一件光宗耀祖的事情。我用植物的叶子做了一面旗帜插在了我的洞口，来象征着这片土地的主权，我有了难以言说的归属感。

沿着山脚向上攀爬，我发现了一种红褐色的藤蔓，这种藤蔓没有枝叶，一根光秃秃的藤沿着山体蜿蜒曲折，当夜晚来临的时候它们开始了生长，发出"嘶嘶"的声音，如爬行的蛇。它们很结实，用石头砸它，是徒劳的，用牙齿咬它，它流出了红褐色的液体，我吸吮进嘴里像是着了魔似的，开始手舞足蹈。

继续向上爬，地势变得平缓，这是一个接近半山腰的腹地，里面生长着一种奇怪的火苗树，像是罂粟，冒着幽红色的火焰。我将藤蔓放了上去，藤蔓迅速扭曲收缩，化作一条火龙坠下山腰。我呆呆地站着，不敢靠近这些火苗树。

一种像是玉米一样的植物，结的棒子很好吃，枝干里有很多液体，我收集了一捆背在肩上，顺着一根藤蔓滑下了山腰。

我认真地种植着山下的农场，用一种类似树叶的东西做了一件衣服，穿在身上如同盔甲。这里的重力很小，我轻轻一跳就可以超过自己的身高，有时候一阵小型的龙卷风就能把我卷上天。我不认识路，往往是走了很久也找不回来，就只好再建一座新家园。

我发现自己衰老了，左边的牙齿开始松动。

我遥望着天空，静静发呆。

我移植了一棵火苗树栽进了我的屋子里，屋子是山洞改建的，火苗树伴我度过寂寞长夜。我用火苗树作为火源，把地上的物质搅拌成稀泥，再捏制成各种形状，然后用火苗树烧烤，我造了一个水杯、一个尿壶、一个盘子、一只碗，我惬意地享受着收获的一切。

我烧造了一个灯罩，盖住火苗树，它的燃烧不需要氧气。

我收集了许多陨石和奇特的石头，它们颜色各异，有的晶莹剔透坚硬无比，我用藤蔓穿起来挂在屋子的顶部作为装饰品。

有一段时间气温不热也不冷，光线不强也不弱，我的皮肤恢复了一些光泽，气色也有了改善。

四

我捉住过一只会用爪子挖坑的动物，它的鼻子像牛，耳朵像大象，忠诚如狗，智力如猪，我叫它礼拜天，借以致敬鲁滨孙的星期五。

我用藤蔓拴住了它，它从来没有想过要逃跑。每次看到我，它就站着一动不动，屏气凝神，默不作声，听从我的训示。我觉得它很可爱，时常牵着它出去散步，它跟在我的后面，我走一步它也走一步，我不走它也不走，它一步也不离开我。

岁月又过去很久后发了山洪，山洪又引发了泥石流，我的屋子被淹没了，火苗树熄灭。可怜的是礼拜天，它被泥石流吞没了，我看到那半截拴过它的藤蔓就掉起眼泪来，为此伤心了很长一段时间。

洪水和泥石流只是序曲，天又降起了暴雨。雨水呈蓝色，像是卫生间里的消毒液，我用藤蔓编制了一条船。

我在液体上面漂浮。

过了很久，我遇到了一个瀑布，跌进了深不见底的断崖，我轻轻地下落，不知道什么时候才能触底。

下落的速度不是很快，我可以伸手抓起瀑布里的水，喝进肚子里。

我瞌睡了就闭上眼睛睡，伴随着静静的水声，我进入了梦乡。

　　我睡了又醒来，醒来又睡去，反复很多次。实在是太无聊了，我在半空中站了起来，阴冷钻进我的身体里，我痛苦地随着瀑布继续下落。

　　我瘦了，无休无止的下落耗去了我身上所剩不多的脂肪。云海波诡云谲，光明和夜晚不断交替。

　　在我清醒的一个夜晚，看到了双星合体这一悲剧。之所以说是悲剧，是由于它们互相吸引，撞碎了，"呼呼啦啦"，碎片四散开来。

　　瀑布到底了。

　　我的手四下摸索，盔甲在下落的过程中自然风化掉了，我赤裸裸的。

　　我的面前是一座黑暗的宫殿，到处闪着阴郁的煞气，呛得人窒息。

　　黑褐色的石锥一条条阴森矗立，锋利的锥尖刺入天际，随着云层的摩擦而发出无情的呼啸声，地下不时渗出黑泥一样的黏稠物质，黏稠物质表层形成椭圆形的黑色气泡，气泡破裂后飘出了一股蓝色烟雾。我随手拾起了一块岩石扔进气泡里，岩石发出"刺刺啦啦"的响声后溶解掉了。

　　四周冰冷封闭的黑山岩，无边无际。这里没有任何可以食用的食物，我稀稀落落的胡子变成了灰白色，轻轻一揪就下来了，一捻就成了灰，牙齿坏了，舌头一舔就碎成了粉末。我像是风化已久的岩石，随时都会解体。

我的眼睛浑浊无光，鼻子呼吸无力。眼睛里流出了几滴眼泪，我知道我的眼泪已经不多了，哭几滴就少几滴。

我的一生就此终结了。绝望的气息吹着坟前即将燃尽的纸钱，我似乎觉得这样的结局有些不可思议，曾经那些心里结出的野果子早已经腐烂了，轻轻一碰就成了稀泥灰烬。

我的时间不多了。

五

天空"簌簌"飘落起了雪一样的物质，落在我的身上，如同举行葬礼。

我凝视着前方，身体成了岩石，一动不动。

山峦层层叠叠，光影交错变幻。

雪一样的物质融化成了水一样的液体，水滴石穿，一扇黑暗的石门打开了。

里面浩大、深邃、黑暗，与尚未融尽的白形成极其鲜明的对比。

我在门外，身上雪一样的物质渐渐融化，顺着我的身体滑落下来，如一种胶体，将我牢牢地粘住。

那扇门是为我准备的吗？我问自己。

我的呼吸停止了，心脏也不再跳动。天空中下起了坚硬的石头，砸落到地上，砸落到我没有知觉的身体上，我的身体千疮百孔，痕迹斑斑。

我残存的视力在里面游走，但阴风冷冽，我的血管一根根破裂开来，发出凄楚的哀怨声。

里面躺着一个满身黑衣的女人，她的黑衣坚固、结实，怎么撕拽都不会烂，像是盔甲，刀枪不入。盔甲里遮掩着一对藏不住的乳房，饱满、坚毅，永远不会枯竭。她很年轻，如生长了七八分的苹果，鲜艳欲滴，恰到好处。她躺在那扇黑暗的石门里面，只要我走进去就能看到她，和她发生故事。

她静静地躺着，地面很光滑，她头顶的岩石上不时会滴落下水珠，但不会滴落在她脸上、腿上、藏不住的乳房上。即使乳房上有水珠，那也只是她身体里的汗液，顺着乳沟轻轻地流动，直到消散。她的大腿光洁，肌肉有力，可以跨越山川河流。

她的头发乌黑，凌乱地堆在身后的地上。一群类似蚂蚁的虫子从她的身边绕行，试图捕获她那独特而又诱人的气息。

她一直静静地躺在地上，脖子微微左倾，脸色红润，像是在做一个美丽的梦。

她睡得太久了。

我残存的视线在黑暗的石门外徘徊，它发出了一阵阵响声，即将关闭。我身上雪一样的物质化尽后，我的身体便要融解。

窸窸窣窣，皮肤、肌肉、骨骼，一点点地融化了，眼睛也融化了，视线越来越昏暗。

黑暗的石门关闭了，那门的缝隙小到我即将融尽的眼睛再也看不到里面。

　　终于，我脚下的地发出了颤抖，由轻微到剧烈，地下的岩石裂开了无数道缝隙，破碎，下坠，落入了没有底的深渊。

如在水面，如在雾中

一

那时太阳刚刚挣脱地平线，河面上的雾气正浓，双洎河里一些生命力旺盛的活物已开始运动。她骑着小型电动车，赶时间。她的长发高束，橘红色的外套虽十分显眼，但隐没在了浓雾之中。

水汽和汗水浸湿了她的薄衣。

这条名为双洎河的小河，曾出现在两千多年前的《诗经》里，如今水质虽一般，默默无闻，但每个季节，它都会吸引附近的大人小孩在河边戏水、游泳、钓鱼、捉虾、赏鳖，看溺水的人，尤以后者为压轴好戏，每个季节都会在某个不经意的时刻上演。

假如这条河对于她来讲，有何与众不同之处，也就是水位较深，足以淹死她。

充了一夜电，电动车跑起来虎虎生风，她在迷雾中穿行，喉咙如生吞一口陈醋，蜇得嗓子眼儿发干发涩。

到了。来不及规整地停车，她厚实的臀部随即从车座上滑落，车依靠惯性向河堤护栏倒去。大约一分钟后，她捂着肚子走入水中。

雾气散去，河面漂起了一个人。

两个晨钓的男人用鱼钩钩住了女人的尸体，借着水的浮力，尸体被拖上岸，躺在岸边的鹅卵石上，围来了一群人。

认识吗？

唔，没见过。

像是刚死。

还挺年轻的。

肚子鼓鼓的，不会怀孕了吧？

可能……

谁带手机了，快报警吧！

二

太阳每天照旧是要挂在最高处的，很快将会向西偏斜。农历三月初四，这天佛耳村和往常没什么两样，拦河大坝日夜不停地向下游放水，深白色的水雾有时制造出一座彩虹，恹恹地架在空中。村口有几只流浪狗，大摇大摆，结党而行。空气里杂陈着油菜的花香和麦苗的青涩。

我正大汗淋漓地往家走。

大概是在我23岁的某一天，脑海里突然出现了跑步的念头，并一直持续至今，除了不可抗力和来大姨妈之外，我每天必跑，几乎从无间断。跑到第五个春天的时候，我嫁给了我现在的老公，他曾在帝都的一家文化公司上班，他以年轻的小说家自居。

我喜欢读小说。从一个作家出发，到另一个作家，在我眼里比任何旅游黄金线都要性感迷人。如果不是读王小波痴迷过头，认定王小波才是我的亲生父亲，也就没有我和我老公的姻缘。他慧眼识货说我那篇王小波是我亲生父亲的稿子，逻辑严密，感情真挚。我们相爱以后，他从帝都辞职做起了自由小说家，跟我住在佛耳村的学校里。

佛耳村和双泪河将是他文学王国里的新地标。他说这句话的时候，是他迷人至极的时刻。我爱他，也爱他的小说。

领过结婚证，他越来越神秘。我的工作时间，是从周一到周五，这五天里，他带着干粮晨出夜归，了无踪迹。周末在家里面壁，苦写他的小说。在他与我共享的时光里，除去睡觉吃饭，我们无时无刻不在谈论小说。即使我们在莱卡酒店的床上时，他依旧在构思他的一篇新作。

宝贝，快坐下，听我给你讲，我又有了新思路。

我捏了一个豆沙馅包子，塞进他嘴里，要他慢慢说。

我躺在沙发上，一个长方形的靠枕垫在腰后，让腹部鼓起，闭上了眼睛，侧耳倾听。

三

有人跳河自尽，不算是什么稀奇新闻。

盘踞在中部平原上，流淌不息的双洎河，不知道洗刷过多少人的肉身，又送走过多少人的灵魂，躺在河道的臂弯里喘息了上百年的佛耳村，早已听惯了死亡。溺死仅仅成了久居于此之人茶余饭后的谈资。

同事们聊起了年轻女人。

没良心的，也不想想自己的爹妈，白养活她那么大。

阴间又多了一个傻子。

到底是因为一个什么样的男人？肚子里还带着孩子，真够可怜的。

围观的人将河堤的路堵死了，李老师为此迟到，但她也有幸观看了鹅卵石上的尸体，成了绘声绘色的讲述者，言辞间增添了说服力。

老公出去采风了，我不打算开火，决定去餐厅吃。

到餐厅的时候，学生们都散了，只剩下几个工作人员在吃。我打了一碗米饭，一份土豆炖鸡块，坐在教师专用区域。吃完后，我把碗筷洗净，想暂存消毒柜。打开柜门，一股热浪钻出来。消毒柜最上面的隔层，躺着两根通身是死绿色粉末的竹筷，几只不锈钢碗底的霉点都开花了。我犹豫了一下，合上了消毒柜的门。

昨天停电了，天热。一个老头站在我后面说。

哦，我应了一声。突然想起，何不向他打听打听溺水的女人。

他神情严肃地说，问他，算是问对人了。岁月在他的脸上印下了水纹。

我从衣兜里掏出一团卫生纸，擦了擦石凳，弯曲膝盖，掖好裙子，手放在双膝上，背挺得很直。

我招呼他坐下。

老人咳嗽了两声，起身迈了几步，面向我蹲在草坪上，脚后跟刚好压在跑道和草坪之间的砖界上。

那天一大早，我去晨练。他顿了顿，用左手食指擤了一下流出来的鼻涕。

人老瞌睡少，等你到了我这个岁数，你就知道了。大概五点多钟的样子，天还未亮，我下床，从抽屉里捏了三枚钢镚，出大门，一路向南，卖胡辣汤的还没出摊。我继续向南，走到河堤上。那天的雾很大，有点小风，风儿把雾舞弄得有稀有稠。我没有学问，形容不出个花样。反正那天早上，除了有雾有小风，一切都是照常。

我是在河堤上碰见了那个女人，人比较年轻。她停了车，个头儿和你差不多，说一口普通话，长得啥样？反正是挺齐整。

她问我，老大爷，这条路通到哪儿啊？我说通到佛耳村。

她问还能到哪儿啊？我说只能到佛耳村，这是条死路，你要是去别的地方，就得掉头往回走。我问她这是要去哪儿，她连说了两声谢谢，也不说她要去哪儿。

我看她面生得很，也不好多问。

我接着往南走我的路，走到出村的路口时，折了回来。我们佛耳村三面环水，只有这一条路进出。我估摸，她可能是来旅游，或是来村里走亲戚的。

雾气重，老眼昏花的，我有点儿看不清。后来的事，你也知道了。可惜啦，可惜啦。没想到，她是寻死来了。她问路的时候，我哪怕开导开导她，也许就不会死了。有啥坎过不去，非要走这条路啊。

他慢慢起身，抖了抖双腿，说得回去干活了。

我也起身离开。

头顶上的太阳，把大大小小的绿植晒醉了，了无生气。

夜里，我把得知的信息，说给我的小说家老公听，本想着他会有点反应。不料，他只是眯着一双小眼睛，一只手自然而然地放在了我的胸上，一边揉一边叮嘱我，小心餐厅那个老流氓。

四

夜里，你能听到村外高速公路上汽车的飞驰声，能闻到水面上裹挟来的鱼腥味，风推动窗框，发出哐哐声。我想告诉你们另一件事，但是在此之前，我需要去厨房忙一阵子。

我打开冰箱，端出鸡蛋，冰箱里的米饭是白天吃剩下的，现在拿出来炒，刚刚好。我把黄瓜放在洗菜池里，打开水龙头冲洗。我把手伸出去，水漫出我的掌心，打湿了小臂。

我老公说，作为一个人，在这世上存在一段时间，生命完结后，就如同没有存在过。想起了五年前，也是这样的季节，我坐在开往省城郑州的绿皮车上。虽然手机的电量还多着，但我没有要看的信息，要接的电话，要拍摄的东西。平原上时隐时现的坟头，让我想到了死亡。我又想到，早已死在脑子里的那个父亲。

如果我的父亲是他，该有多好。

单身的好处，就是我可以自由和他约会。他是一名国学老师，名言警句信手拈来，四书五经藏于腹中，年近五十而面色红润，体力一点儿也不输二十岁的棒小伙子。

他信佛。

我们是在西山脚下的寺院里认识的。那年春节，我无处可去，看到一个微信公众号招募寺院义工的消息，我就报名前往。在寺院，我拾掇斋堂里的桌椅板凳，把它们摆放得像经文一样，整整齐齐。得空儿，我也搬运食材，摘菜洗菜，一天两次给内院的大狼狗喂食，喂狗是我主动要求的工作。这里的人，习惯沉默，我需要狗对我吐吐舌头，哼哼两声。

我注意到每每打叫香过后，他都会端着自己的两只白瓷碗最后一个出现。材质精良的藏青色羽绒服，深蓝色棉质牛仔裤，黑面白底耐克旅游鞋，他一身休闲，气质不凡，在一群比丘尼和住院居士中间，引人瞩目。

我在寺院服务了七天，七天时间，我同他一句话都没有讲。只是从一个小比丘尼那里得知，他是省城国学院的老板，每年都会给寺院里捐巨款，闲暇时候，他住在寺院里修道参禅。这里的人，都尊称他刘老师，住持大师则叫他小刘。

如果不是临走时自行车不见了，我和他之间就不会有后来的事情发生。

分手前在酒店的大床上，头枕着他的胳膊，数他脖子里的瘊子，像是发现了新大陆，满心的惊喜。我用目光丈量从这一个瘊子到那一个瘊子之间的距离，试图发掘一些秘密。

最近长出来的那颗，靠后一点。他说着，扭头给我看。青黑中泛着一星红光的瘊子，结实地长在他的脖颈上。

他的性能力很强，曾经一夜睡过七个女人。我相信他不是吹的。

他给自己五年期限，五年后对国学悟不出个新名堂，就幽居寺院的观音塔下面，直到死。

我俯在他的胸口上，听他说他的计划，每一个字听起来都那么气势磅礴。我感受着他有力的心跳。等他不再说话的时候，我问他，会不会忘了我？

我心里暗笑自己愚蠢，他之所以要我来到这里，剖析他的思想、他的童年、他命里的劫数、他身体最私密的部位，就是想证明，即便我灵气十足，讨他喜欢，也只是如露水一般终将消散。

他说佛度有缘人，他有大事要干。

　　我在返程的火车上，无所事事，最终还是想起，他回答的我的问题。

　　记忆回到现在，我抚摸着圈在我的腰间、强壮而又光洁的手臂，这是我老公的。

　　他此刻瘫软在我的石榴裙下。

　　他用嘴堵住我的嘴，两手再次上下齐攻，刚做完，他又想要了。

　　洗菜池里的黄瓜，再这么被水一直冲下去，青皮都要褪了。可我此刻正和老公在忙，无暇顾及其他。

五

　　今年的春天比起去年的春天，更像是夏天而不是春天。

　　夜里睡觉，被子不知不觉给搅成了一团，缩在床头。

　　那天有个自称是陈敬芳的人找上门。和我一个姓，还带一个"芳"字，有可能是我娘家那边的亲戚。我在电话里，请朱师傅开门，放她进来。

　　我工作的这所小学，叫佛耳小学，位于佛耳村西北角，紧靠两千多年不起波澜的双洎河。学生大部分来自佛耳村，也有隔河而来的邻村人。学校不大，四层教学楼，不足一百平方米的餐厅，一间小卖部，一个茶炉房，方便师生喝热水，足球场上的400米塑胶跑道，铺好不足半年。

　　这所学校最大的亮点，是刷在外墙上的宣传标语。

我和老公住在教师公寓里。相比乡村，更多人喜欢去城市，教体局为了留下一批教师驻守乡村，拨款给学生规模超过300人的学校建教师公寓。我就是这项福利的受益者，我的小说老公，投亲靠友，跟着受益。

我娘家在陈家沟，位于西山寺西，离学校有五六十公里，没有直达公交，回去一趟，必须骑自行车，至少花费三个半小时。如果没什么大事，我很少回去。

是出什么事了吗？要是父亲死了就好了，我会连夜给他立块石碑。

我大老远就看到那个叫陈敬芳的女人，她细软卷曲的头发，风一吹，像是一堆野草。脸狭长，眼睛黯淡无光，上嘴唇有点外翻。我仔细搜寻跟娘家人有关的信息，无果。

你在就好，我没白跑一趟。她深吸一口气，又深吸了一口。看得出，她必须一字不差地讲事情的来龙去脉。

她说她叫陈敬芳，也叫赵莹莹。赵莹莹是养父母起的名字，陈敬芳是亲生父母起的。为了躲计划生育，她和双胞胎妹妹陈利芳一起被送到了颖川县小吕乡赵家庄的赵姓人家，赵家媳妇不会生育。当时亲生父母也是图省事儿，没有把她们分开送。

命运就此起了变化。

我拉起她颤抖的胳膊，让她继续说。

几天前，她的双胞胎妹妹赵萌萌从未婚夫家里出走，抓着一把水果刀走回娘家，刀刺进了养父的肚子，养父的肠子稀里哗啦向外流。养母看见她坐在大门墩上，手上血淋淋的。养父赵铁锤捂着肚子流下了眼泪，说他在夜里舍不得她的俊萌萌，他的心都在她身上。妹妹从此不知去向。

她从外人那里打听到了我，要我帮她找到妹妹。我从口袋里掏出面巾纸给她，示意她擦去泪水。

我告诉她，妹妹一定会找到的，我请她放宽心，先去家里坐坐，她果断拒绝，气呼呼地走了。她的红外套破破烂烂，牛仔裤也脏得不成样子。

冒出来个找妹妹的，莫名其妙，我在错愕之中。

我走回家，捂着被子，大哭了一场。

我要痛快地哭一哭，哭那个女学生昨天和明天的命运。我越哭越痛，越痛哭得声越大，以至于吓到了楼下的同事。

第二天，我成了大熊猫，顶着两个黑眼圈，出现在办公室里，同事们说起了新话题。

六

艾略特说四月是最残酷的季节。

早上醒来，太阳已经高升。早起的鸟儿欢快地歌唱着它的收获。和以前一样，床上只有我。我喜欢这种感觉，白天一个人醒来，夜里等他回来入睡，一切都仿佛活在小说里。

我抓了抓头发，用发圈固定。我挤压出一大捧泡沫，拍在脸上，来回揉了几下，撩水洗干净。我在购物清单上，写上两支软毛牙刷。我走进厨房，打开柜子门，拿出装黑豆的罐子，准备打豆浆。主食可以吃炒馍片，冰箱里的馒头是昨天早上在如意超市买的，售货的年轻女子生了一个女儿，我凑过去看了，白白嫩嫩的小脸蛋，迷人极了。豆浆机调试好以后，我返回卧室，脱下睡裙，换上运动内衣、运动裤、速干短袖。等我四十分钟跑步结束，豆浆也打好了。

我一手扶着鞋柜，一手提鞋。我感觉鞋子里有点儿味儿，等中午下班回来，刷干净放阳台上晒干，不耽误明天早上穿。鞋柜上方，钉有一大块镜子，我下意识看了看镜子里的自己，气色还算不错。

那是什么？

是一片粘在镜子上的粉红色心形便利贴。

我爱他。我边跑，边重复。操场西边和南边的杨树林，静悄悄的。我爱他，他是自由的。他的自由，不是我赋予他的，是他自己的。一片杨叶，从我眼前飘落，栖息在一块草地上。

他也爱我，正如我爱他一样。

跑步回来，小8跟在我的脚边，如影随形。小8是一只雄性柯基犬，血统不算太纯正，但模样可爱。

我感觉大腿有点抽筋，用力拍了几下，感觉好多了。

bā——bā——

我愣在门口，一动不动。

bā——bā——

小8站在腿边，抬头看看我，它向前走了两步。

bā——bā——

看着镜子上泛黄的便利贴，算算日子，排卵期就要到了，我是多想给他生个孩子啊。

（原载《牡丹》2019年9月上旬刊）

算　命

一

　　我是小丁，我的作家朋友劝我去给人算命，他说这样既可以让我解决就业问题，又可以为他搜集一些写作的素材，为此，他帮我找了间房子，装成了算命馆。

　　房东是个寡妇，三十岁左右，前几年死了丈夫。她的丈夫原来开挖掘机，一次出事故闷死在了沟壕里，对方赔了一笔钱，她离开夫家后没有再嫁，而是在城里买了一所房子。

　　说真的，我根本不懂算命，作家朋友说，你只管算吧，见人开药，顺着对方的意思来就能赚钱。就这样，连唬带骗的，算命的生意还算凑合。我以前是个拾荒者，初三辍学以后，我开始了艰苦奋斗的拾荒生涯，晚上住在颍川城南五里外的破土地庙里，从一些餐馆门口的泔水桶里打捞食物，以此苟活于人世。

　　需要说明的是我只有一条腿，我的右腿已经断掉好多年了。

我的那个作家朋友也是一个穷人，他五十来岁，写作了三十多年，曾集毕生之力自费出版过一本小说集《作家的光荣使命》。据说该书首印了五百本，他一个人全买了，他送过我一个签名本，我放在了厕所里留作纪念，一天少个三五张，不到两个月就纪念完了。他老无所居，在认识了我之后，他搬进了土地庙里才算是有了栖身之所。

他的头发毛烘烘的如同被一头野猪拱了拱，很有个性。我对他印象深刻，同是天涯沦落人，经常一块在泔水桶里挑剩饭吃，就认识了。

除了搞小说创作，他经常在垃圾堆里捡一些过期报纸，拿到大禹像下面，躺在地上晒暖，他眯缝着眼睛，好像很认真地读着报纸上过期的新闻。他曾经自言自语地说，好作家不只是披上一个光荣的身份，更是触摸一种捉摸不定的命运。

我不懂他说的话，但为了表示我情商高，我努力配合着点头，这令他颇为感动，视我为难得的知己。他的小说都是手写的，用铅笔写在旧报纸或烟盒纸上，字迹潦草得像是乱爬的蚂蚁。每当他聚精会神创作完一部小说后，他就激动地把作品打成捆，垛到墙角下。功夫不负有心人，日积月累，他早已经著作等身了。

他有时候站在比他还高的纸堆面前，欣赏着他创造的艺术成果，他满意地笑了，嘴角都合不住，流出来一串口水。

二

寡妇姓李，她没有生过孩子，我叫她李姐，她住在二楼，我在没有生意时经常听见她洗澡的水声，哗哗啦啦。虽然我没有了第二条腿，但我还有第三条腿在那儿放着，它可是要命鬼，说直起来就直起来了，而且是一听到楼上洗澡的水声它就直起来。李姐习惯上午洗澡，我上午没有什么生意，那时我这里安安静静，她那里哗哗啦啦，经常弄得我胡思乱想。

为了转移注意力，我就强迫自己看书。那本《周易入门三千问》是一个算命的同行送我的，有一次他来我这里交流业务，他说他出了本学术专著，想送给我一本，并谦虚地表示由于成书仓促，难免有疏漏错误之处，恳请丁老弟指正。我翻开一看，就是这本书，这是他自己印的，那时他一边算命，一边签名送书，美其名曰普及周易知识。他的知名度迅速上升，眼看就要在颍川小城算命界走红了，却遭到了同行的打压，有热心的群众在背地里举报，他剩下的书被文化执法大队当作非法出版物给没收了。转眼间半生的心血化为灰烬，他自此郁郁寡欢，萎靡不振，一次走路时被一辆超载的大货车给撞瘫痪了。

我翻着那本《周易入门三千问》，第三条腿才渐渐软了下去，它化作了一摊稀泥。

我的算命馆曾来过一位年轻貌美的顾客，我作为写作素材提供给作家朋友了。那天已经接近中午，她站在门口左右张望，眼神很轻浮，看到只有我一个人在，她搔首弄姿地走了进来。

她问：大师，你算命准吗？

经过长期的实践，对于这个问题我已经应答如流了。我说，心诚则灵，信不信由你。

她说：我的命运太悲惨了。

这个我当然知道，凡是来算命的，大多命运坎坷，没有事情谁会来算呢。

她接着说：我的第一次是十年前失去的，那时我刚十五，因为我发育得好，我最引以为傲的是我的胸，比英语老师的还大不少哩。可是我成绩不好，没能考上公办高中，民办高中收费昂贵又上不起，在家待了一年后去了南方打工。那时认识了一个云南人，他很热情，又是给我买手机，又是请我吃汉堡，一次我喝醉了跟着他回了出租屋，我的第一次就这样失去了。从那时起我就不是处女了，在我们农村老家，不是处女就很难嫁人，这个插曲毁掉了我的命运。

这个少女失足的故事很诱人，我第一次听一个少妇讲起，身上忍不住热血沸腾。

她说：其实那个男人早就结婚了，他老婆孩子都有了，我是后来才知道的，他不仅不离婚，还打骂我恐吓我，我离开了南方的工厂回了老家。之后我在一个村头的民办幼儿园看小孩子，两年后我妈开始催促我嫁人，经过别人的介绍，他们给我找了个理发店的男孩。他二十二，比我大三岁，我们处上了，两边的家长面也见了，准备选个好日子订婚。我妈说得多要点儿彩礼，可不能便宜了男方。讨价还价，要了三万块钱彩礼。订完婚后，他约我去他家玩，我去了，大白天的，他妈突然从外面关上了门，他把我摁倒在床上，事后，他红着脸，对他妈说，她没有见红，被人上过了，这门亲事就这样退了。我妈不依不饶，要告他强奸我，闹得人尽皆知，我在村子里待不下去，辗转到县城里打工。

她擦干了眼泪，说晚上还要接客，有空再来找我。

三

我的那个作家朋友竟然进了澡堂洗澡，他头发上的虱子淹死了一大片，像是在水里撒了一把黑芝麻。他说，他之所以去澡堂洗澡，那是因为他在垃圾堆里捡了张澡票，人生莫测，这是他的意外收获，他拿去享用了。

一次，我的作家朋友指了指楼上的李寡妇，说，你和她，想不想发生那个。

我的第三条腿跷起来了，不方便夹，好害怕被人看见，没想到这时那个少妇又来了，她披散着头发，穿着高跟鞋，走起路来屁股有些晃荡。

那时我正有强烈的反应，她出现在了门口。一个紫色的挎包挎在她左边的臂弯处，她把头发卷了卷，一脸的少妇风韵。她诺诺地坐在了我对面的凳子上，企图刻意掩盖她举手投足间的搔首弄姿。

　　她没有问我渴不渴，就开始讲起了失足女俗套的故事：我来到城里后，举目无亲，身上的钱很快花光了，我先是在一个饭店里做给客人倒酒夹菜的工作。后来一个中年男客人经常点我，让我来给他的朋友们倒酒夹菜，渐渐地我们就熟悉了，他每次都给我小费，有时候五十，有时候一百。我对他有了好感，过了没多久，他带我去了一个酒店，我们开了房，但他趁我不注意录了像，以此来要挟我，让我和其他男人睡觉帮他赚钱。我的自尊心彻底被击碎了，我试图自杀过两次，一次用玻璃杯碎片，一次大量喝酒，但都没有死成。后来他转手把我卖给了另一个男人，另一个男人说如果我可以给他赚三倍的钱就把我放了。我相信了他，拼命赚钱，为此我什么客人都接，一个挨着一个，有时累得我在接客时就睡着了。我本以为我自由了，但我发现我什么都做不了，半年的时间里没有干成一件工作，我成了游离的人，和正常的世界格格不入，我便走了回头路，继续做这个工作，只是断断续续，够养活自己就行，我只能这样了。我每天怀着一颗失落的心，忍受着自己厌恶的东西。我在大街上看到你开算命馆，不知道为什么，想找你算一下命。

　　她的故事我很喜欢听，只是她那种工作是违法的，除了天天担惊受怕，还容易染病，但我一直在犹豫，时间就这样嘀嘀嗒嗒过去了，她看我不吭声，她紧张起来，站起来走了。

　　我久久不能平静，作家朋友说，他也一直致力于拯救这种失足女子，但仅限于文学层面，捆着堆在了地上，他不想和俗世同流合污，他为此自宫了。

我：啊，自宫。

作家：哎，一言难尽，二十年前我就把自己阉割了，断去尘根，免受诱惑。

我：你这个也太残忍了？

作家：不这样没办法啊。

四

我那个作家朋友是个热心人，他除了一头深扎进底层专心写作外，他还很关心我的私生活，他作为一个过来人，一次他指着楼上对我说：你想不想她？

作家朋友和那个年轻寡妇有点儿亲戚，具体是什么亲戚也搞不太清楚，只知道复杂得很。作家朋友说如果我能娶上她，那我就不用每月交房租了，而且还能提前实现小康，晚上搂搂抱抱，美死了，他说着嘴角又流出了口水。他乜斜一下眼睛，说这事他来牵线搭桥。他俨然一副月老的样子。

晚上回到城南的土地庙里，他捡了一把干柴火，在垃圾堆前烤起了从狗嘴里夺出来的半只鸡架，烟熏火燎下他满眼幸福的泪水。

初秋之夜，月光入户，蝈蝈的叫声从荒草里传来，断断续续，进入半夜时，空气里生起了凉意。

次日作家朋友领着我上了二楼，敲开了李姐的门。作家朋友说，快进来吧丁老弟。我一手提着礼物，一手拄着拐杖，在等待李姐的允许。她看了我一眼，并未表示拒绝，我一瘸一拐走了进去。礼物被作家朋友放在最显眼的桌子上，然后，他做了简要介绍后，转身关上门走了。

我很紧张，对于李姐，我不陌生，我经常听她洗澡时的流水声，但是当我们以正式的方式会面时，我不知道该说些什么。估摸着作家已经走远，她突然变得热情起来，倒了一杯绿茶，递到我面前，她的手很白，带着劣质化妆品的味道。随着茶杯里的水汽升起，她开始上上下下打量我，眼珠子转来转去。

她说：我比你大五岁。

我没有出声，只是点了一下头。

她说：想必我的事情你都知道了，都是苦命人，谁也别嫌弃谁，不要有顾虑。

眼泪顺着我的眼角滴落下来。

她揭开了纸巾，为我擦泪，一股温暖在我的眼前流动，热辣辣的。

她说：谁都有不幸的往事，你也挺不容易的。这么多年了，你离家出走后，你的家人也不来找你吗？

我摇头。事实确实如此。父亲是个顽固、保守、残忍的人，他自幼无父无母，性格中充满了沉闷与无情。我人生的不幸，差不多都是他造成的，我恨他，也绝不会再去见他，我是一条自生自灭的虫子。

我从未原谅过他，也不会去原谅他，几滴眼泪滑过我咬紧的牙关。

通过撮合李姐和我这件事，作家朋友在我的心里成了父亲的化身。

只是有一个问题困扰着我，如果要办结婚证，我就要回家去找户口本。对于一个离家出走十几年的人，这是一道无法逾越的鸿沟，自从我下决心离家出走那天，我就想到了我将永远不再回去。我没有告诉作家朋友，也没有告诉李姐，我将其压在了心里，如一块沉入淤泥的石头，心里反而平静了很多。

到明年三月份我就二十八岁了，时光流淌缓慢，却又迅疾向前。

五

由于我近来忙于算命和婚姻，竟不经意间发现作家朋友的头发已经全白了，这是在很短时间内发生的。他愈发沉醉于创作中了，他的早晨从中午开始，到了下午出去觅食，他的身影游荡在县城日益扩张的血管里，晚上他拿着一堆捡来的烟盒纸蹲到街边的路灯下，搜肠刮肚，常常写到半夜，拖着瘦削的身体，抱着一堆艺术成果，缓缓而归，月光照着他，孤零零的。

那个女人已经好久没有来算命了，经过这些天，我决定在她到来时安慰她，希望她能从良，当然这很难，如同人很难戒掉自己的淫欲，我的作家朋友自然是个例外，他用常人难以想象的手段自宫了。

自从干了算命以来，我或多或少有了收入，虽然不是很多，但生活体面了很多，可以接济一下作家朋友，我购置了豪华笔记本和钢笔送给他，他如获至宝，拿着笔记本和钢笔痛哭起来，哭了半天后，他在旧报纸上写写画画，像是一个三岁的孩子，脸上洋溢着幸福的神情。

中午李姐做好了饭，考虑到我腿脚不方便，她找了个怕影响我生意的委婉借口，盛了一碗热饭端下来让我吃。我狼吞虎咽吃完了，她问我吃饱了没有，我说饱了，她说做得多，又赶忙上楼给我盛了一碗。

她问：小丁，要是我们结婚了，你要听我的话。

我点头同意。

她善解人意，注重的是内容，而非形式。她说，选个好日子，在一块吃个饭就算是结婚了，她也早已经不和家人联系了。

日子选在了八月十五，这天是中秋节，还有半个月准备时间。

作家朋友正在倾心创作他的第十一部长篇小说，他达到了一种痴迷忘我的状态，用我提供给他的新装备，白天黑夜都在写，他甚至都顾不上到泔水桶里觅食吃。我则继续给人算命，迎接我的新生活。

那个女人第三次来了，一段时间不见她胖了，脸上圆滚滚的。她约我出去走走，我们到了北关桥边，下了桥，颍河水平静而安详，波光照在水面上，泛着粼粼的光，她走在我前面，微风轻拂着她的头发。

她走得很慢，走走停停，在等我。我拄着拐杖，拼命紧追，但还是拉开了一段距离。斜阳下，我看着她的背影，有那么一刹那，我想跟她走。

这是一个大胆的想法，同时也意味着我的背叛，背叛李姐。可我那一瞬间就是这么想的，我控制不住，它一直缠在我的头脑里。

我忍不住还是开了口。我说：你别干那个了，你跟我过吧，尽管我不一定能养活你。

听到了我的声音，她转过了身，影子挡住了我前进的路。她问：你说什么？

我以为她想让我再说一遍，我这次说得有些理直气壮，她哈哈笑了起来，张开臂膀，在我的面前旋转，一圈两圈，如同一只陀螺。

那她是答应了，我在心里猜测。

她停止了旋转，晃晃悠悠地走到我的身边，她把我手里的拐杖夺了过去，我有些惊慌失措，可很快我就不这么觉得了，她径直把拐杖丢到了地上，张开双臂紧紧抱住了我。她的身体很温暖，肉软绵绵的，我也趁势抱住了她，那时一股热烈的暖流钻进了我的身体里，传遍了全身，燃烧了起来。

我仿佛爱上她了，有些无法自拔。她叫小丽，这是她在小河边亲口告诉我的。她说，你以后再也不需要拐杖了，我就是你的拐杖。

夕阳很好，只是我的裤子湿了。此情此景，她情不自禁要拉我去她的出租屋做客，盛情难却，我点头同意了。她帮我捡起了地上的拐杖，一手扶着我走上了桥，之后下了公交车，我们穿过窄窄的巷子。

你这是去干吗？李姐的声音从我的脑海里传来，我一阵头痛欲裂，停下了脚步。

小丽问我：你怎么了？

我身上冷飕飕的，什么想法都没有了，我说：我可能是着凉了，要不我先回去吧，等我好了再来找你。

这是一种不祥的预感，驱使着我赶紧离开，在她迷茫目光的注视下，我拄着拐杖，加紧了步伐，即将走出这条昏黄的小巷。

她站在原地。她大声叫我：算命的，我这里有药，你别走啊。

我终于穿出了小巷子，大路上的街灯明亮如昼，给人一种安全感，我喘着气走回了算命馆。李姐看到我回来，她问我下午干吗去了，我说有个客人找我，她老妈妈瘫痪在床，我去给人上门服务了。她哦了一声，表情有些冷漠，我惴惴不安地走了。回到城南的土地庙里，作家朋友正在抓耳挠腮，他的神情显得无比痛苦。

他说：我枯竭了，写不出来东西了。

我安慰他：劳逸结合，好好休息，出去吃点儿东西。

他摇头，说：吃不下去了。

作家日渐消瘦，颧骨凸出，眼窝深陷，一下子衰老了几十岁。他的眼睛也出毛病了，看不清东西，隔三岔五撞得头破血流。

那天晚上回来后，我病了七天，心里不舒服，身上也不舒服，躺在土地庙里睡大觉，李姐没有来看过我。作家朋友找了一个眼镜片放在眼前，跌跌撞撞去泔水桶里找吃的，回来时给我捎了一些。

他的步伐和以前不一样了，以前很轻，现在很沉，是在地上趋着走，脚离不开地面，他的眼神变得空洞、呆滞、麻木，如同即将燃尽的炭火，他的记忆力也严重下降了，记不清楚他的钢笔放在哪里了，到处翻来翻去却发现在上衣的口袋里夹着。这些细微而明显的变化他并没有在意，但是我意识到了一种异常。他学会了抽烟，是那种从垃圾堆里捡来的过期白包烟，属于变质的三无产品，他引燃一支，捏在手里，不时放在嘴里吸一口，呛得他眼泪汪汪，他的指甲很快发黄，右手的食指和中指也染成了淡黄色，像是土地庙门钉上的黄铜。他不大爱说话了，有时他一天都不说一句话，只是对着他堆在地上的精神成果发呆发愣。我想，他一定是病了。

六

婚期那天到了，中秋团圆之夜，李姐做了一桌子饭菜，窗外的月亮很美，大大的，像是白玉盘。作家朋友没有来，他真的病了，身上发冷，躺在庙里瑟瑟发抖，我说给他请医生看看，他摇头，说不用了，过几天就好。

李姐如同我精神上的母亲，我痴痴地看着她，她的胸不是很大，当然这也不是我关注的重点，一笔带过。她把自制的月饼，五仁的，切成小块，端到了我面前，她用筷子夹起来一块喂我，我轻轻地咀嚼着，这味道好极了。我想起了我的母亲，小时候她喂我吃药，将药碾成碎末，用铁勺子一口一口骗我咽下去，那味道好苦。

一大桌子饭菜，我们没有吃完，只是一直在吃。

外面的月光好亮，穿过窗户，照得屋内沙沙作响。

夜已经深了，睡觉前，我要先洗个澡。自从进入算命这个行当，我的精神生活丰富了很多，遇上了李姐，还有小丽，以及其他形形色色的路人，确实为我的生活带来了变化，算命虽不会致富，但这让我找到了一个存在的支撑点，不像以前那样无所寄托。

这是二楼的浴室，我经常在下面听这里流出的水声，哗哗啦啦，我从模糊的镜子里看到了自己赤裸而残缺的身体，水汽氤氲，覆盖住了镜面，淋浴的水落在我的身体上，我闭上了眼睛。

她在外面敲门。

这浴室的锁坏了，上面的插头锈迹斑斑，门开了一条缝，她躲在门后伸出手，递进来一条干净的白毛巾。

我擦洗了自己的身体，那东西挂在腰间，软不拉唧的，在过去它有过许多次冲动，当听到二楼浴室里的水声时，当在颍河边受到温暖的拥抱时。

我披着浴巾，拄着拐杖，走进了卧室，坐在床上，忐忑不安。李姐进了浴室，她洗得很快，没过多久就出来了，她走进卧室，站在我的面前。

她的浴巾褪去了。

我惊恐、无措、呆滞。她掀掉了我身上的浴巾，趴在我的身上，她不顾羞耻，和身上未干的水，水滴落在我的身上。它没有任何反应，一股气流卡在我的胸口，憋闷。

那个夜晚她所有的努力付之东流，它如休眠了一般。一股恶心冲出了我的喉咙，干呕，想吐，她拍着我的背。

她安慰我：你还年轻，没有经验，慢慢跟小姐姐学，今晚就先到这里吧，我睡了。

她倒头睡了，背对着我，我知道她根本没有睡着。我心里很急躁，下了楼，发现楼下算命馆的招牌被人偷走了，我没有顾上管这些，一刻不停地拄着拐杖往土地庙走，临近土地庙时，空气里弥漫着焦炭的味道，越来越浓。

废弃的土地庙失火了，已经烧成了废墟。

作家躺在地铺上抽烟，指尖的烟灰引燃了地上的麦秸，顷刻间他数年堆起来的艺术成果化为灰烬。

我走近了，在月光的映衬下，他孤独地蹲在地上，衣服沾满了炭灰，手里夹着一根忽明忽暗的烟，眼睛盯着庙里尚未燃尽的余火。

（原载《大家》2018年第5期）

我和小姑姑未来的九种可能性关系

　　我这次匆匆忙忙回家，全是因为小姑姑冬雪的关系，我们到底该怎么办？是结为夫妻，结婚生子，名正言顺地在一起；还是做情人，保持着秘密的性爱关系；还是一起殉情，到黄泉里约会；还是和平分手，好聚好散，各自寻找归宿，保持亲情关系；还是她杀死我，或者我杀死她，住在心灵的囚牢里，孤零零地过一生；还是……

　　我不知道到底该怎么办，下面就是我们的故事。

　　我生活在禹州市小吕乡，这个乡历史上产生了一位名留青史的人物叫吕不韦，我们乡因此得名，但这里要说的是乡里产出了一种籍籍无名的黄牛。

　　这种黄牛大都全身土黄，像是上坟时点的烧纸黄表那样的颜色，双眼大如十五瓦的白炽灯灯泡，亮如那种白炽灯灯泡发出的昏黄孤寂的光线。尾巴的构造像是一根精心刻好的柳木扁担，尾巴末梢的细毛像是大姑娘留了十几年的大辫子那样纤细悠长，甩动起来"嗖嗖"带风，可以前前后后、上上下下、左左右右和卷曲交叉地抽打自己躯体上任意部位的蝇子牛虻。有一次，我看到一头孕中母黄牛的尾巴竟然可以瞬间打死一只趴在它丰满的乳房上吸血顺带占便宜偷奶喝的大牛虻，那只大牛虻被黄牛纤细的尾毛抽成了一团肉酱后，成了一群饥渴的蝇子的美餐。

黄牛从不挑食，有着吃苦耐劳的品格，在小吕乡漫漫的历史长河中，运粮、运粪、犁地、耙地、打场和耕种小麦玉米，到处都有黄牛辛勤劳作的身影，因此这种黄牛曾一度深得庄稼人的喜爱，成了家家户户必不可少的"劳力"。

近二十年来，随着农业机械化的飞速发展，各种拖拉机、播种机和秸秆粉碎机像发情的颍河水决堤似的蔓延到乡村广阔的土地上，在乡里已经很少见到这种黄牛。

黄牛吃农作物的茎叶和各种杂草，把这些草料用大铡刀铡碎后用草筛子撮到六尺长、一尺宽的石槽里，然后舀一瓢清水，撒上一把大坷垃盐，拌上一大碗麸子做底料，在牛主人还来不及认真用拌草棍把这些底料和铡碎的青草在牛槽里搅拌均匀时，黄牛就迫不及待地低头大口大口吃了起来。

在这种黄牛流行的时候，喂牛的各种草也成了稀罕物。拿一把割麦子的镰刀、一把种瓜的铲子、一根带绳子的棍子，背一个肥大的化肥袋子，在路上，在地里，在荒无人烟的山岭上，凡是有草的地方就有人在割草。

我这次从开封坐客车回来，走的是高速公路，尽管两个多小时就到了禹州市，可是打小晕车的我还是很难受，在车上把早上吃的东西一口不剩地吐了出来，直到把淡绿色的胆汁吐尽。在市区一个大超市给我的小姑姑买了一瓶洗发水、一块香皂、一条花毛巾、一斤核桃、一公斤黑葡萄，又买了一瓶香水和一包卫生巾，付了账后，我兜着这些东西一刻不停地坐上了回小吕乡王冯村的城乡公交。

　　二十分钟后，我在离家只有两公里的村口下了车，提着东西走在回村的小路上，路两边的土地赤裸裸地躺着，活像一个躺在浴室里洗澡的少女，干燥的土地特有的涩涩的味道弥漫在空气中，玉米秆是最近才被抢劫后碎尸万段草草地埋葬在地里，偶有几只老鸹在田地里一跃而起，从这块地里降落到那块地里，来哀悼这瞬间死去的一棵棵玉米，这里是一个还来不及打扫的战场，遍地尸体，带着一种触景生情的伤感。

　　几只未成年的青蚂蚱正在过马路，一蹦一跳地从东边的一片荒芜走向西边的一片荒芜，似乎还不太适应这突如其来的沧海桑田式的巨变，迷茫的神情在青蚂蚱的长长的脸上浮现着，像是在大雾中瞻仰人民英雄纪念碑上的浮雕，可它们依旧没头没脑地在饥饿中找寻着一片可以栖息成长的新大陆。

　　到了家里，熟悉的感觉一下子包围了我。破旧的土瓦房依然很勇敢地履行着一百多年前的使命，拴在白椿树上的那头第十五次做妈妈的母黄牛舔舐着正在忘情吃奶的小黄牛犊，一条英俊的小白公狗在追逐撕打着一条丑陋的小黑母狗。

　　"小姑姑，我回来啦！"我在院子里喊叫道。

"丁丁，回来啦？"一个鹅蛋脸、皮肤稍显黝黑、上身着碎花衬衣、留着柔顺长头发的大姑娘从土瓦房里走出来。

这就是我的小姑姑，在这个世界上我唯一的亲人。

我的小姑姑叫冬雪，今年二十七岁，比我大五岁，我们俩从小相依为命。

二十七年前的一个下雪天，七十一岁的孤寡老汉丁铁成冒着大雪，在山上割干枯的野草来储备过冬的草料。傍晚时，下山的路上已经悄无一人，在下山的路口，一个婴儿的啼哭声引起了老汉的注意。老汉放下背上的草袋子，看到路边一个大棉袄里包着一个几个月大的婴儿，大棉袄上面覆盖着一层厚厚的白雪，这个婴儿已经放在这里有一会儿了。棉袄旁边有一个包袱，善良的老汉一辈子无儿无女，孤独一人，没想到老了竟然捡到一个被遗弃的孩子，就把孩子抱回了家。

老汉一手抱着婴儿，一手抓着背上的草袋子，边走边歇，雪也越下越大，路上积了厚厚的一层。老汉颤颤巍巍地踩着雪走到了家里，拂去了身上的雪，点上了煤油灯，笼了一盆火，婴儿安稳地睡着了。只是那个婴儿少了左边的耳朵，有些残疾，在那个计划生育抓得非常紧的八九十年代，人们拼命想生一个男孩，遇到有残疾的女孩子就很容易扔掉。

这个婴儿就是我的小姑姑冬雪。

不得不说的是，我是老汉在五年后捡来的。我被一张破旧的芦苇席子裹住扔在山顶的高处。

我和小姑姑都是老汉辛辛苦苦喂养大的，直到他老人家八十一岁时，他说他要死了，便一个人拄着拐杖出了门，我和小姑姑伤心欲绝，但是我们都不知道他老人家死到了哪里。从此我们就和他留下的那头母黄牛相依为命，一转眼，十几年就过去了。

在小姑姑的支持和陪伴下我考上了河南大学，小姑姑一直在家里辛苦干活供养我。

下面是浮现在我脑海里的我和小姑姑的几个刻骨铭心的片段。

小姑姑十三岁那年的春天，麦田是一片波澜起伏的海，一天，我和小姑姑在麦田里薅草，马齿苋、野菠菜、野谷苗、荠菜，都是喂黄牛的好草料。

突然，小姑姑一下子蹲在了地上，我问小姑姑："你怎么啦？"小姑姑难受了半天才不好意思结结巴巴地说："我肚子流血了。"我一低头，发现小姑姑大腿中间的裤子上渗出了一大片鲜红色的血。当时，我和小姑姑都害怕极了，我们一直蹲在地上不敢动，直到天黑透了，小姑姑才站了起来，我一手挎着草篮子，一手拉着小姑姑小心翼翼地回了家。

小姑姑用温水清洗了身体，过了两天，小姑姑竟又活蹦乱跳起来，完全好了，我们提着的心终于落下来了。可是，过了一个月，小姑姑又像是变了一个人似的，沉默寡言起来，总是在茅厕里不出来，过了这个月的这两天，就又好了。于是，小姑姑得出一个结论，她得了一种严重的病，不久后就要死了，并且在此后很长的一段时间我也是这么认为的。

但是小姑姑活得好好的，长得越来越高，胸脯越来越鼓，声音越来越温柔，也比以前更加好看。

小姑姑十四岁那年夏天，我和小姑姑一起去山上割草，在一片茂密的玉米地里，我们一起快乐地刷玉米叶子，粗糙的玉米叶子上布满了毛茸茸的细刺，非常拉人。我和小姑姑的身上都是这里一片红那里一片红，痒得很，而且天气闷热，在汗水的浸泡下，更是难受。小姑姑想要脱下白色的T恤挠一下痒，可是又不好意思。

她就睁大眼睛对着我说："丁丁，我身上可痒，想要脱下衣服挠一下，你去帮我看着人。"我很认真地点头说："好的，小姑姑。"便转过身去看人。

可是过了很大一会儿，仿佛太阳都寂寞得躲进云彩里不出来，却不见小姑姑的动静，我转了一下头，便看到赤身露体的小姑姑。这时我竟然刚好和小姑姑对了下眼，小姑姑脸上顿时泛起了深深的红晕，像是夕阳下美丽的片片霞光，迷人极了。

"你也不许偷看。"小姑姑用生气的口吻说。可是我分明看到了她嘴角的笑，像是在对我不断地眨眼睛。

从那时起，我就对小姑姑美丽的身体感到了莫大的兴趣。小姑姑发育得很快，远远超出了我的想象。

不知什么时候我突然注意到小姑姑的胸脯鼓鼓的，像是装了两个小苹果似的，我的眼睛总是盯着小姑姑的胸脯。小姑姑好像发现了我目不转睛的眼神，连忙用胳膊挡住了鼓鼓的胸脯，这倒增加了我对那两个鼓鼓的东西的无限好奇和无穷想象。

于是在某一年的某一天，我终于忍不住对小姑姑说："让我摸一下你的胸脯吧！"

"不让摸。"小姑姑绝情地拒绝了我。

我有一点失望，但又不想再去恳求。

"好吧，只准摸一下，你不许告诉别人。"小姑姑终于心软。

她捂住了肚子上的衣角，我本来想把手伸进小姑姑的衣服里去摸，现在只好隔着衣服摸。我的手在微微颤抖，慢慢伸了过去，很近的距离却用了很长时间。那时小姑姑足足比我高了一头多，当我的右手触碰到小姑姑左边的胸脯时，我感到一股电流迅速蔓延到了我的全身，我的小鸡鸡一下子硬了起来，像是一个小辣椒。小姑姑的胸部柔软有弹性，使我的思绪陷入了漫无边际的幻想中，一种似曾相识的感觉流动着，是在一个昏黄的房间里，有一张柔软宽大的床，一个非常丰满又富有奶水的乳房含在我的嘴里，另一个同样丰满又柔软的乳房被我的小手紧紧地抓着抚摸着，我安静地躺着，一股有些腥膻的奶水味包围了我的全身，静静的，静静的，我睡着了……

"你在干吗呢，还不松开？"小姑姑陡然的一声把我从那无法言说的幻想中拉了出来，我感到了痛苦。

之后我的手脱离了小姑姑的胸部，僵硬地停留在半空中，一股莫名的落寞感在我的手掌心里徘徊。

到了小姑姑十八岁那年的秋天，我去给牛割草，小姑姑一个人在老瓦房里边打扫牛粪，当时养牛的人已经很少，割草的人寥寥无几，我一会儿就割满了一大布袋青草，兴奋地背着袋子回去。到了院子里，我发现老瓦房的门关着，黄牛在院子里的白椿树下反刍着大嘴，闭着眼睛在打盹，我掏出了一大把草，塞到黄牛嘴里，黄牛咀嚼起来。走到瓦房屋旁边，我忽然听到了瓦房里传来一阵"哗哗"的声音，像是撒尿，又像是洗澡。

我忍不住悄悄地把耳朵贴在了墙面上，终于听清了，是小姑姑正在屋子里洗澡。

在我的记忆中，或者是遐想中，小姑姑把水撩到自己圆圆的肩膀上，水沿着圆圆的肩膀慢慢滑下。她又把水捧到她鼓鼓的胸脯上，那捧水轻轻抚摸着小姑姑的胸脯后流了下来，我自己悄悄地变成了小姑姑捧起来的水，一下接着一下地在小姑姑的身体上肆意地流动着。我的耳朵贴着墙，思想漫无边际地飞舞起来。

渐渐的，声音已经满足不了我的好奇心，我不由自主地移动位置，趴到门缝上，透过缝隙，我看到了一个全身赤裸的少女站在盆子旁边，那少女时而弯腰，时而扭动身体，迷人极了，那是我的小姑姑吗？

我感到一种陌生。

可是片刻后，小姑姑又在我的窥视中熟悉起来，我的心在扑通扑通地跳个不停，浑身像是在大日头底下收割小麦时的暴晒一样炎热，我知道自己大腿间的那个像是小红萝卜一样的东西正在顶着裤裆，有一种将要破土而出的苗头。

那少女圆圆的屁股白白的，比我见过的最白的馒头还要白。在小姑姑美丽的胴体转身的一刹那，我看到了肚脐眼下那一片像是被疾风骤雨淋过的灌木丛，稀稀落落的灌木显得不是很规则，而是尚未成熟的玉米胡子那种淡黄的颜色。在她低头穿裤子的一刹那，胸脯活蹦乱跳得像是在田野里自由自在奔跑的一对小白兔。

我怀着一种极其复杂的心情悄悄地溜出了院子，大腿间的那个小红萝卜依旧在不停地生长着，好像没有一点休息的意思。

我后来始终记不清我出去了多久才回来。这种记不清楚的苦恼像是一个恶魔在我的记忆里始终挥之不去。

看到被小姑姑摊在院子里的草，一种负罪感笼罩在我的心头，越压越重，颇有一种“黑云压城城欲摧”的心境。

小姑姑抱出那把大铡刀，大铁锨垫在了大铡刀的一侧，小姑姑像往常一样坐在了大铁锨的木头把上，我抬起了三尺多长的大铡刀，一股闪亮的寒光在大铡刀的利刃上反复游走。

"咔嚓、咔嚓"，是青草被铡碎的惨叫声，我也记不清楚什么时候陷入了小姑姑洗澡时的情景中，"咔嚓、咔嚓"，一把把的青草被送上断头台，接受着酷刑。

突然，小姑姑对我说："小丁，抬着铡刀不要动，草塞住了铡刀，我清理一下陷在铡刀缝隙里面的草。"

我清晰地记得我"嗯"了一声，可是转瞬间我又忘记了答应的是什么，感觉应该铡草了。

我的眼睛望着天空，看到正在吃草的黄牛，闻到青草死亡的味道，听到洗澡水滑过小姑姑胸脯的声音，自己在一片白色的云朵里奔跑，那片云朵是柔软的棉花，我躺在上面，我正奇怪躺着怎么也能跑呢，手里的大铡刀就迅速铡了下去。"咔嚓"一声，像是脆脆的小红萝卜被生生掰断的声音。

"哎哟！哎哟！"小姑姑悲惨的叫声划破了傍晚的天际，鲜艳的血飞溅了出来，小姑姑右手的四根手指头像是从旱地里拔出来的小红薯一样滚落在被铡碎的草堆里，安安静静地躺着，像是睡着了。

小姑姑用左手捂着只剩下大拇指的右手，蹲在地上哭着，眼泪唰唰唰地滚落，嘴微微张着，脸上露出了十分痛苦的表情，却没有哭声。我像一个木鸡一样呆立着，双手依旧紧握着抬在半空中带着血的大铡刀。正在吃草的黄牛不见了，青草死亡的味道也闻不到了，洗澡水滑过小姑姑胸脯的声音也听不到了，躺在那片柔软的云朵中自由奔跑的自己也彻底消失了。我如梦初醒，赶紧蹲下去，抓住小姑姑流着血的手，鲜血是在我抓住小姑姑的手之前染红我的手的，黏黏的湿湿的热热的，像是几条蚯蚓在手上蠕动，这点我记得非常清楚。我的泪水决堤似的落在小姑姑流淌着鲜血的断手上，鲜血是另一种哭泣出来的眼泪。终于我们的泪滴和鲜血融合在了一起，一滴滴的血泪在地心引力的作用下降落在还没有铡完的青草上，鲜血和眼泪的颜色染红了青草，我和小姑姑在昏黄的暮色中都看到了这不可思议的一切。

星星的光芒照亮了我和小姑姑的额头，我们相拥着飞到了月宫，有嫦娥仙子、玉兔精、桂花树以及在不停地砍树的吴刚，月宫里有些寒冷不断袭来，之后月宫下起了一场迷人的流星雨。

小姑姑右手的四根手指再也没有长上去，我学会了一个人铡草，白天种地，夜里在煤油灯下学习。后来，我和小姑姑一起祭奠了埋葬在祖坟里的四根手指，小姑姑也从沉默寡言的伤心中走了出来，而且比以前更加漂亮。十八岁的小姑姑像七仙女那么漂亮，简直是一朵出水芙蓉，也学会了用一根手指做饭喂牛种地。

在小姑姑的陪伴和支持下，我努力学习，在四年前考取了河南大学。

"小姑姑，想死你啦！"我对迎接我的小姑姑说，并且把包里的东西递到了小姑姑手中。

小姑姑原本有些阴沉不安的脸在阳光下灿烂得成了一朵

盛开的玫瑰花。"这么多东西，都是什么啊？"

我的脸成了一朵向日葵花，也灿烂了起来，"你自己看嘛，都是给你的。"

小姑姑早已经学会了一个人在孤独中和黄牛做伴，以及一个人用那把大铡刀铡草，可是这一天，我和小姑姑又一起铡起了草。在傍晚黄牛吃草的"咔嚓"声和小牛犊在母牛身边"哞哞"的叫声里，麻雀和斑鸠静静地落在黑魆魆的枝头上栖息，我和小姑姑也在老瓦房里吃起了晚饭。中秋节过去十几天，下弦月的月光昏暗地穿过了窗户纸，落在了老牛明亮的眼睛上，也落在了竖在墙头冒着寒光的大铡刀上。

农村的夜晚特别安静，当小姑姑打开包发现我送给她的卫生巾时，脸一下子红了起来，像是十年前我们在玉米地里时一样泛着红晕。在喷上了我送的香水后，小姑姑像是喝醉了酒似的迷人。

我听到了自己和小姑姑的心跳声，也听到了黄牛反刍的声音和蜘蛛织网的声音。

现在回到小说的开头，来探讨我和小姑姑未来的九种可能性关系。当然，这九种未来的可能性关系是我自己根据形势分析出的。

第一种，我和小姑姑结婚生子，名正言顺地在一起。
案例：杨过和小龙女的故事。

优点：我们青梅竹马，两小无猜，情投意合，在一起是修成正果。

缺点：小姑姑没有上过学，连小学文凭都没有，不识字，而我是个即将毕业的一本大学生，随着时间的推移和阅历的改变，我们之间的鸿沟必然会越来越深，必然会发生各种难以预料的矛盾，难以善终。再者，我们存在着可恶的辈分差异，在农村生活，很难让村民接受，必遭口舌之苦。如果小姑姑和我私奔，去城市，小姑姑没有文化，难以找到合适的工作，无形中给我加大了生活压力，我们未必会幸福。

危机指数：★★★

第二种，我和小姑姑继续做情人，保持肉体和灵魂的双重关系，保持着不伦之恋。

案例：《红与黑》里面于连的做法。

优点：我们彼此既可以满足肉体的欲望，也可以在精神上相互慰藉。

缺点：这种性爱关系没有法律效力，加上小姑姑年龄比我大，年老色衰得早，这种事情长久之后，又见不得人，难免倍感压抑，保不住我会见异思迁，另寻新欢。

危机指数：★★★

第三种，小姑姑主动离开我，先嫁人。

优点：小姑姑嫁人后，自然会把精力放在丈夫和孩子上，开始了新生活，我们间的肉体性爱关系会渐渐终结，转化为亲情关系。

缺点：小姑姑有残疾，是我造成的，我心存愧疚，加上家里贫困，短期内小姑姑不一定能够嫁个理想的人，前途未卜，婚姻生活未必会幸福。我们仍旧可能会保持一定的性爱和灵魂关系，充满风险和危机。

或者是我主动离开小姑姑，早日娶媳妇。

优点：可以暂时摆脱和小姑姑的纠缠。

缺点：马上要毕业了，但是家庭贫困，能找个工作，但是短期内难以赚大量的钱，在城市里买房买车是一个遥不可及的梦，难以娶到和我学历对等的姑娘。如果就低娶个乡下的村姑，隔阂，贫困，破屋漏瓦，也难以幸福，未来依旧危机重重，这很可能会失去我在城市里生活的机会。

案例：文学作品里多得很。

危机指数：★★★

第四种，我和小姑姑和平分手，各自过各自的生活。

案例：和许多大学生恋人类似。

优点：长痛不如短痛，我们可以断掉扯不清道不明的肉体和灵魂关系，回归到亲情上来，随着时间的推移，两者都能相安无事，皆大欢喜。

缺点：我们未必真能断绝这种复杂的关系，很可能会藕断丝连，不能完全放开。

危机指数：★★

第五种：我们因为太爱对方，走不出心灵的囚牢，双双殉情，共赴黄泉。

案例：梁山伯与祝英台。

优点：一刀斩断烦恼丝，从此不恼红尘事。

缺点：太极端和残忍，两个年轻的生命就此陨灭，太可惜，不值得。

危机指数：★★★★★

第六种，因为一方太沉溺，一方想要逃离，一方以爱的名义把另一方悄悄杀死，活着的一方守着尸体孤独一生，或者是一方将另一方抛尸荒野，活着的一方追求新生活。

案例：《献给艾米丽的玫瑰花》里的艾米丽所做的。

优点：总有一方可以活下来。

缺点：爱情和亲情无法相守一生，太残忍，活着的一方过于自私，冷酷无情，难以放下心里包袱，脱离这个死亡的阴影。

危机指数：★★★★★

第七种，暂时维持现状，但是尽量避免肉体接触，等待时机终结这种肉体和精神关系。

案例：回城的知青们大都这么做。

优点：可以暂时化解危机，也许对将来解决问题有好处。

缺点：治标不治本，可能会积重难返，失去最佳解决时机，酿成不可挽回的大错。

危机指数：★★★★

第八种，我或者是小姑姑选择主动逃离，从此一刀两断。

案例：小龙女就是这么做的。

优点：可以长久地结束这种不伦不类的纠葛。

缺点：未必是最好的选择，我们两者的内心未必会释然，可能一辈子都会活在心灵的痛苦中。

危机指数：★★★

第九种，我们暂时还在一起，保持着肉体和灵魂的双重关系，但是一方为了永远占有另一方，寻找时机将另一方永久囚禁，作为性奴，不断虐恋。

案例：《十宗罪》里面描写的。

优点：我和小姑姑可以永久在一起。

缺点：一方的占有以另一方的不自由为代价，这种爱必然会变异。

危机指数：★★★★★

对不起，我隐瞒了一个事实，那是在小姑姑二十二岁的冬天，我们发生了难以启齿的那种事，是我主动的，罪恶在我，可是小姑姑并没有拒绝我啊！又不像是我一个人的错。

　　我知道我存在严重的恋母情结，这一点深深地烙印在我的心里，我像是一个无法真正长大的孩子，难以离开小姑姑的怀抱。而小姑姑充当着妈妈、姐姐和情人的三重角色，她对我的爱早已经融进了她的血液里。

　　在城市化突飞猛进和物欲横流的今天，用奶水和肉体供养我长大的农村成了小姑姑，而城市里到处挤满了像我这种人，农村辛辛苦苦把我养大，我却在算计着该怎么抛弃落后、失落和贫苦的农村。我和小姑姑到底该怎么办，才能让我们的灵魂和肉体都可以归于平静，合理解决这种无法轻易化解的纠葛？

　　　　　　　　　　　（原载《作品》2014年第8期）

虚构的宫殿化成废墟

一

为了去那座虚构的宫殿，我走上了这条弯弯曲曲的土路。我的手里拿着一根从路边捡来的干树杈，我喜欢光着脚在小路上行走的感觉，地上的土细腻、柔软、干燥、活泼，蹬起一股股土烟，像是一群打仗的军队经过后的壮观景象。

这条土路两旁长满了密密麻麻的青草，我看到它们如此茂盛的样子，忍不住想薅一把回去喂羊，我忍住了这个想法，不能耽误了赶路呀。我站在路边脱下了蓝色的短裤，半空中降下雨露，我给这群小可爱们补充了一点儿尿素。

这条路上空无一人，一根尖锐的荆棘扎进了我的右脚，钻心地疼痛，我坐在地上，拔出了一半，另一半断在了里面，一滴圆滚的血珠渗了出来，我拽了几片叶子包住脚，穿上凉鞋，一瘸一拐。天很快黑了，路边的草越来越高，渐渐有一人多深，也越来越茂盛，乌泱乌泱的，挤得脚下的土路越来越窄，我走得愈发艰难起来。

它们像是长了手、带了刺，在拉我的裤子，扎我的屁股，我在昏暗的月光下遭受着它们的袭击。

起风了，周围密布的草不停晃动，发出呼呼啦啦的响声，搅和得四周成了一杯浓咖啡。我一手提住裤子，一手捂住半个屁股，加快了脚步，我想甩掉它们的骚扰，它们也加快了动作，我恼了，索性脱掉了裤衩，在逼仄的土路上转了个圈。那些草像是老鼠见了猫似的离我远远的，我兴高采烈，把红色的裤衩挂到了干树枝上，红裤衩反射着昏暗的月光，如同一盏灯笼在夜色里灯火通明。

弯弯曲曲的土路走到了尽头是一座石桥，石桥冰冷如铁，闪着寒光。红色的裤衩上结了一层厚厚的冰霜，摸起来发出咔吧的响声，我这才发觉天已经很冷了。我抖落裤衩上的冰霜后穿在了身上，这裤衩比之前小了一号，有些勒屁股，但我管不了那么多，径直走上了石桥。这桥不大，呈拱形，桥下呼呼啦啦，是流水声，我这时非常困，靠在桥上睡着了。

最近我总是胡思乱想，也许是我太孤寂了，一个人出门远行难免会这样，不知不觉，到了半夜。唰唰唰，像是扫地的声音，难道大半夜还有人在扫地吗？我悄悄睁了睁眼，一个披着斗篷的中年男人拉着一个麻袋走上了桥，麻袋在地上发出唰唰唰的声音。这么晚了，会是什么人？

那人走近后，我从月亮的余光中看到，他身材适中，微胖，右脸上一个半尺长的刀疤像是趴着一根硕大的蜈蚣，他的左眼瞎了，外面缠了一个黑色的眼罩。他没有发现我。扑通一声，他把那个麻袋丢下了石桥，他拍了拍手上的灰，打了打衣服上的土，整理斗篷时，他看到我了。

我的眼睛和他对视在一起，此时一片浓稠的乌云聚集在石桥的头顶，那人胯下别着一把尖刀，刀尖下的血迹未干。他愣住了，我也愣住了。

他拔出了尖刀，用嘴巴舔干了上面的血渍。他的牙齿残缺不全，枯黑暗黄，嘴唇下翘着稀稀疏疏的八字胡，他那只独眼里透出了一丝痛苦、焦虑的神情。

我看到了他漫溢出来的泪珠。

他慢慢向我靠近，步履散乱，尖刀拿在他的右手上，他左摇右晃，姿势古怪，变换着位置。我背靠着石桥，想起身逃跑，大腿却麻了，我一用力，忍不住咯咯咯笑了起来，那笑声实在是太难听了，猥琐里夹杂着轻佻，铺张里流露着伪装，把那人吓得不轻，他扑通一声跪在了石桥上。

那把尖刀慢慢地扎进了他的胸口，暗红色的血液染红了他的胸口，他整个人瞬间虚弱起来，浑身颤抖。

他在我的面前停了下来，把尖刀别到胯下，一手撑着地，一手来扒我的衣服和鞋子，我的裤衩、T恤衫，以及凉鞋一一被他用那只带血的手给扒下来了。他把东西抱在了怀里，表情痛苦而僵硬。

我赤身裸体坐在石桥上。

那人真是奇怪的强盗。我心里感叹了一句。

　　他转身要下桥，却又转了过来，用脚一踢，我身边那根干树杈断作了几截滚落到了桥下，他这才满意地下了石桥，背影消失在弯弯曲曲的土路上。

　　天亮后，朝霞发出红艳的光芒，照射在我的脸庞上暖暖的，我此时并没有什么悲伤，心里异常平静。

　　我起身，在石桥上放了水。我看到桥下有个大麻袋，里面鼓鼓囊囊的，心里很害怕，脚步带我离开了石桥。

　　桥这边是一片沼泽地。

　　沼泽地里的泥五颜六色，鲜艳迷人，在冒着水泡，咕咕咕，浮游植物在水上漂浮，像是坐在游乐设施上的孩子。四下无人，在沼泽地边，我伸手抓了一把稀泥抹在了自己的肚子上，稀泥黏性极强，紧紧粘到了我的身上。当泥抹遍了全身后，阳光猛烈，照得沼泽地热气氤氲，我身上的稀泥很快干了，像是穿了一件彩色的盔甲，在光的辉映下神气焕发。

　　短暂的兴奋过后，我的心变得沉重起来，眼前这片湿乎乎的沼泽一眼望不到尽头，我又渴又饿，难受极了。

　　在沼泽地边上，有一个水坑，清澈干净，我伸出嘴巴喝了几口，这水出人意料的甘甜。我忘情地吸吮着，口气搅浑了水坑，五颜六色的泥水灌进了我的嘴里，鲜鱼汤一样的味道，我简直不敢相信，不会是饿昏了头产生错觉了吧？我咽完这口泥汤，又吸了一小口泥汤，还是那个奇妙味道。我开始趴在坑边大口大口喝起来，如狼似虎，不大一会儿，大汗淋漓。

二

吃饱喝足了，我想继续向前走，去寻找那座虚构的宫殿。

天气暖融融的，云淡风轻。

沼泽地躺在我面前，我不得不穿过去。我知道，沼泽地一旦陷进去就将越陷越深，压迫胸腔，呼吸慢慢停止，想要活着根本不可能。

我站在沼泽边，发现不远处的沼泽地里蹲着一只大鸟，它的羽毛是红色的，长着一对鹰钩鼻，嘴巴弯弯，足有一尺多长。它站起身来一伸展翅膀，排山倒海，刮得沼泽地呼呼作响，它徘徊在沼泽地边沿，像是在思考人生，它的胸脯鼓鼓的，盖满了厚重的羽毛。

我弄清了它的意图，它是准备洗澡的，时近中午，阳光正好，泥水也晒热了。它伸出巨大的爪子试了试水温，刚刚好，它满意地下了泥坑，先是蹲在里面往身上糊泥巴，然后在泥水里打转，泥水飞溅，它的身上湿漉漉的。

它仰躺在泥坑里晒起了太阳。

接近它的机会来了。我踮着脚轻轻移动，抱住了它的脖子，它长长的尖尖的嘴巴在我的面前晃悠。

我轻轻地翻着它的羽毛，极尽媚态，为它抓住了好多只寄生虫。它起身，脸色潮红，抬起右边的翅膀把我紧紧地夹在怀里。微波荡漾，我们缠绵了好久，似认识了许久的朋友。我在这虚幻的世界里找到了一个大鸟作为知己。一堆从它身上脱落的羽毛作为布料，我为自己制作了一身鲜艳的羽衣。

午后的时光很快过去，太阳渐渐收起了小性子，大鸟舒展它干净整洁的翅膀，它即将飞过沼泽地去远方，我此时献上了我的吻，它的嘴巴真大啊。我又喝了一会儿鲜嫩的泥汤后爬到了它的背上，它扇动翅膀，飞了起来，沼泽地越来越低，天空越来越高，云彩在我的眼前飘浮，我紧紧地抓住它背上的羽毛。

风呼呼地咆哮，有时候刮得人睁不开眼睛，飞了很久，西边射出了万丈霞光，染得云层红彤彤的。

月亮出来后，地上模糊起来，什么都看不清楚了。

我好像是在做梦。

月亮出来了，云层里一股混乱的气流冲击着我的身体，天旋转起来。大鸟忽高忽低，左右飘动，它发出了嘎嘎嘎的叫声，那叫声异常凄厉，刺穿了天际。

我从鸟背上坠落，大鸟变成了一个夜空中的黑点，我身上的羽衣呼呼作响，五颜六色的盔甲不断被风吹掉。

我在下落时睡着了。

醒来时已经到了次日中午，我躺在一棵茂密的热带阔叶林上，太阳透过浓密的树叶，照着我瘀青红肿的脸颊。我想动一下身体，酸痛迅即传遍了全身，我的脑子里空白一片，耳朵里嗡嗡作响，鼻子和嘴角不停地往外冒血。一群黑色的长腿蚂蚁爬上了阔叶林，正在呆头呆脑地向我张望，它们张着铁钳一样的牙齿，试图靠近我，它们的牙齿也许可以咬断一根钢筋，它们离我的身体越来越近，密密麻麻的长腿蚂蚁压得叶子呼呼啦啦，我额头上的汗不停地渗出，就在这命悬一线的时刻发生了一个巧妙的转机。

噗的一声，我放出了一股气体，这气体出来的声音悠远而绵长，如同一个怨妇的低语。树叶上的长腿蚂蚁纷纷坠落，地下散落着斑斑点点的坑。

一个长发姑娘背着一个篮子从树下走过，她是去密林深处采蘑菇的。

她看到了我，她潮红的面色如一颗七八分熟的苹果，在这片原始森林之中散发着香气。我请求她救我下来，她却慌忙跑走了。

心里一阵沮丧，天色也阴沉沉的。

她又来了，抱着一堆软绵绵的树叶。地上铺成了一张巨大的圆床，她要在树下面睡觉，我好奇地想。她又找来一根长长的棍子，站在树下开始敲打支撑我的树叶，树叶哗哗落下，我摇摇欲坠，她满头大汗，细密的汗珠从她的额头上滑下，我眼角的余光瞥到了她胸前沾湿的衣服。

我已经有点儿灰心丧气了，恨自己不能动弹，对不起好心救我的姑娘，我在心里狠狠地骂了自己。

树下没有了动静，姑娘大概累了。片刻沉默后，她跑了起来，手里举着棍子，一顿震颤，我从树叶上坠落下来，软软的圆床接住了我受伤的身体。她扔掉棍子向我走来，此时她的乳房异常丰满，在我的视线里迷人至极。她蹲在我的面前，用一片青青的叶子灌满了露珠倒进我的嘴里，我感动得都要哭了，好想抱着她。

她用树叶做了一个垫子，将我放上去，她拉起往家里走，地上留下了一道印迹。

她的房间在一棵大树上，周围用树枝围着，房顶铺满了茅草，有一扇明亮的窗户，房子里挂满了蘑菇、木耳、松果，以及各种颜色的树叶。

三

我看着那姑娘像是猴子一样上了树，身影钻进了木屋里。

时间无比漫长起来。我躺在地上，看着墙上装点屋子的叶子，胡思乱想。外面刮起了一阵风，吹得地上的树叶随风乱舞，然后天上又打起了闷雷，雷声尚未停歇就飘起了黄豆一般的大雨，这里的天气真是瞬息万变啊。经过大雨的洗刷，我身上五颜六色的泥巴消失殆尽。

我孤独地躺在地上，任凭落雨拍打着我的脸。

姑娘没有出来，一直待在木屋里。

天空晴后，地上的水汽丝丝缕缕地蒸发，空气里弥漫着湿热的味道，如同刮过一阵海风。姑娘下来了，手里扯着一根藤蔓，她打了一个结套在我的脚踝上，然后上了树，藤蔓绕过树杈，她用力拉了起来，虽然她身体比较单薄，但是力气倒是蛮大的。我倒立着升了上去，地面离我越来越远，一股雨水从胃里倒出来，呼呼啦啦。

姑娘把我拽进了小木屋里，里面很美，阳光穿过屋顶的茅草，屋子里温暖明亮。

我躺在姑娘的床上，她生起了火，熬制了一锅蘑菇汤，蘑菇汤香气四溢，引来了一群松鼠趴在窗口向屋子里张望。炉子里的火很旺，热气氤氲，汗液汇聚成了露珠。

喝了她精心熬制的蘑菇汤，我的身体很快恢复。夜晚，她睡在床下，令我焦躁不安。

半个月后，她拉着我的手去小河边捉鱼，她真厉害，徒手捉住一尺长的鲤鱼。我们光着脚丫在河边走，黄昏降临，夕阳照射在河面上，河水映出了我们的影子。月色降临，我们烤起了鱼，鱼鲜嫩、可口，我喂了她一口，她反过来也喂了我一口，我们俩很开心。可是，她不会说话。

她在这里一定很孤独。

火光映照着她微红的笑容，我看到了她洁白光亮的牙齿，酒窝浮现在她好看的脸颊上。

我是一个自卑又自命清高的人，不能在现实世界存活，只好去找一座虚构的宫殿，里面应该有个公主，公主是个年轻漂亮又不爱钱的单身文艺女青年，那样我就可以住进宫殿里去，成为她的女婿，这是我改变命运的唯一途径。

熄灭了篝火后，我们一起向小木屋走去，树叶子安静得有些异常，我进了木屋，她去了附近的小树林里，我想象着她回来后我们应该会发生点儿什么，几只萤火虫飞到了窗边，扑扑闪闪。

　　她去了很久都没有回来，此时借着鱼肉的刺激我的心里急躁不安，一股难以抑制的火焰腾腾燃起，烧灼着我的身体。

　　时间又过去了很久，姑娘还是没有回来，我走到外面，站在木板上向远处看，外面的月光混混沌沌，像是一种不祥的预兆。我拿起木屋里的一把斧子，点燃一支火把，向着姑娘解手的小树林走去，火把剌剌跳着舞蹈，在气流的作用下前后摇动。我在一棵大树下停住了脚步，地上散落着姑娘的衣服，它们像是花瓣的碎片，在月光下发着哭泣的泪光，叶子上凝结了一摊凝固的血液。万籁俱寂，唯有地上沾满血的叶子在微微颤抖。

　　我的头脑里一片混乱，嘶吼声从喉咙里呜呜咽咽，传遍了小树林里的每一个角落。

　　小木屋起火了，火光照亮了天际。

　　我跑回小木屋，此时火光冲天，火势蔓延到周边的森林，一场大火将要爆发。小木屋里烧开水的炭火引燃了小木屋。

　　天上打起的闷雷钻进了我的耳朵里，瓢泼大雨来了，大火迅速熄灭掉，脚下的叶子里钻满了水珠，像是小鱼一样在我的脚下活蹦乱跳。

　　我的眼泪吧嗒吧嗒落下来，混合在雨滴里。

　　我踏着炭火的灰烬，寻找小木屋，然而这一切都是徒劳的，小木屋由于燃烧成了灰烬而失去了踪迹。

　　我仍旧不死心，我一趟趟地找，整个身体都染成了黑色。

大地陷入了黑夜的怀抱，它睡着了，我踏着泥水，离开了这里。

那座宫殿再次出现在了我的脑海里，它有着乌黑的城墙，冰冷的砖头，威严的石狮子，阴森的房间，隐秘的地下室。它的虚幻缥缈成了我难以抗拒的诱惑。

十几天后，热带阔叶林退到了我的身后，化作模糊不清的影子。一片茫茫无际的草原出现在我的脚下，一尺多高的青草绿油油的，波浪起伏，朝阳漫过草原，渐渐升起。

四

在草地上行走是艰难和无趣的，我不看方向，看也看不懂，只是靠着知觉走，这一切都是如此的虚幻。

靠着吃草根，走了大概两个月后，懈怠情绪蔓延全身，走几步就坐下来歇很久，我心生退意。

草丛里漫游着数不清的红蚯蚓，它们红色的身体里流淌着半透明的液体，在草丛里此起彼伏，如同游泳。

天飘起了大雪，大雪积了有半尺厚时，不远处冒起了孤烟，我强迫自己拖着疲乏的脚步向着孤烟走去。

孤烟下是一个破旧的小客栈，如出土的旧物。

一个佝偻着背的老大娘站在门口，她的头发花白，稀稀疏疏地缠在头上，她用力拉开帷幔后，我走了进去，柜台后面坐着一位颇有姿色的年轻女人，她很高冷，头也不抬，坐在那里一动不动。

客栈的空气有些陈旧。

夜色降临，窗外的风雪拍打着屋子，噼啪作响。我走了几个月，身上早已困乏，沾床就睡死了。

醒来已经是第二天的傍晚，我的头昏昏沉沉的，想要下床却摔倒在地上，身上酥麻，动弹不得。我这是怎么了？我躺在地上反复回想原因。是中风了，不像是；是路上太劳累，似乎有点儿可能，但也不像；是昨天晚上吃的饭有毒？记忆如同逆流而上的河，寻找着可疑的丝丝缕缕。那到底是怎么回事呢？过了好一阵子后，我用左手摁着地，右手扶着床，慢慢站了起来，头晕得厉害，口里又干又苦。

我勉强撑着身子，跌跌撞撞下了楼，店里的年轻女人如同昨天一样，一丝不动地坐着，依旧没有看我，正在扫地的老大娘问我吃点儿什么，我说来一碗羊肉汤。店里空空荡荡，只有我一个客人，外面传来几声羊群的咩咩声，好像很远，又好像很近。

喝了一碗羊肉汤，顿感精神好了很多，我像是梦游一样走上楼时，老大娘叫住了我。

年轻人啊，你找到那个宫殿了吗？她这句话像是自言自语。我愣了一下，脚下轻飘飘的，上了楼。

我再次睡着，连衣服都来不及脱掉。醒来时，我的头越发昏昏沉沉，想从床上直起身子就难，我睁着眼，羊群咩咩的叫声再次传来，短促、无力，很快就消失了。

我决定立刻离开这里。我勉强下了楼，那个老大娘不在，年轻女人还坐在那里一动不动，她给人一种惊悚的感觉。走近细看，她的脸毫无血色，眼睛呆滞浑浊，衣服也不知道多久没有洗过了，散发着难闻的气味，像是一个木乃伊，让人心生恐惧。

我掀开帷幔，踏着积雪一头钻进了黑夜的肚子里，直到精疲力竭才停下来，这时天空中亮起了星星。

草原上的夜风吹得人浑身颤抖，在积雪融化的时候我走出了草地。

和草地相连的是一片沙漠，狂风一吹，沙尘遍地，耳朵、鼻子、嘴巴、头发都钻进了沙子，一摇头，呼呼啦啦往外流。

这里实在不是人待的地方，我的心再次萌生退意。朝阳升起来了，我发现迎着朝阳的地方有一间黑色的小土屋，它千疮百孔，破烂不堪，被废弃在沙漠里。

我的眼睛里放出了一道亮光，迎着朝阳向它走去。

我的心在剧烈地颤抖，眼睛里流出了滚烫的眼泪，轰隆隆，天上打起了雷，沙漠里很快就要下一场大暴雨了。

隐形的花刺

一

我是李土，有一段时间我迷上了那种古怪的女生。大概是我从正常的女生那里长期得不到浇灌，有一天我从镜子里看到自己整颗心都枯萎发黄了，在干裂的心田里奄奄一息，真是太可怕了，吓得我额头上渗出了几粒豆大的汗，我一抬头，竟然溅到了天花板上，像是几只幽怨的眼睛在死死地诅咒我。这怨气也太大了，窦娥冤吗，模仿血溅白旗？我决定痛定思痛，从正常女生的冷落中走出来，去古怪的女生那里找点儿活干，当然换个高雅的词就是猎艳，最好能像猪无能同志那样去撞个天婚什么的，那就更好了。心灵鸡汤里常说：思路决定出路；机会是留给有准备的人的。我很快就遇到了几个目标女生。

首先遇到的古怪女生是个喜欢流口水的姑娘。我们是在综合楼前的书摊上邂逅的，那时候我的指导思想刚刚改革，各项标准还不明确，这差点让那女生钻了制度的空子。事情是这样子的，我们刚认识没多久，她就暗地里在她朋友圈制造我们的绯闻，企图浑水摸鱼捕获我这只迷途羔羊的身心。这些反常动作引起了我的极大警惕，我怎么说也是一个五分之三标致的帅哥，不能稀里糊涂落入那个口水直流、走路像跳舞的女生手里，这样我也太自轻自贱了。一朵鲜花差点插在牛粪上，我打了自己一个很响的巴掌，我以相信她会找到一个和她非常般配的如意郎君的美好祝愿而终结了我们的绯闻故事。

我还遇到过另一个古怪的女生，为此我差点成了小三。

她身体比例分配严重不均，如果不是她鼓鼓的乳房撑起了门面，人们很容易误解她的性别。我近距离观察过她，那是我们在一起用餐的时候，我的眼睛在她鼓起来的地方徘徊，她胸前的衣服真好看，我情不自禁地赞美了几句。不知道是她雄性荷尔蒙太多还是雌性荷尔蒙太少，也可能跟下垂体分泌异常有关，她身上的毛发十分旺盛，嘴角下竟然长出了和我一样黑的胡子。我一直想提醒她千万别刮，一刮就会像地里的韭菜一样长得飞快，这都是我的切身经验。我那时发愁，要是我们接吻了她的胡子扎着我，我笑场了该怎么办？

古怪的女生分为好多种，有的是长相古怪，有的是性格古怪，有的是长相和性格都古怪，我遇到的大都是第三种。

可能是秋天就要到了，我突然想尽快跟胡子女生表白。这样的女生应该不是什么抢手货，据我的侦查，这女生性格孤僻，长相古怪，和我还是有些般配的，我若不离不弃，她必生死相依。经过短暂的接触，我们也算是情投意合，共同语言颇多。

有一次她暗示我是她们二班的女婿，我心领神会、茅塞顿开。那夜我终于按捺不住激动的心情，凌晨四点给她发 QQ 消息，表达了我一见钟情的爱慕之心。谁料表了白心里更激动了，众人都睡我独醒，辗转反侧到天明。我想我们很快就能亲嘴了，亲嘴来了上床也就不远，我这种兴奋像是晨起的太阳，支撑着勃勃生机的大地。

那天上午没有课，我待在床上迷迷糊糊又睡着了，醒来时已是日上三竿接近中午，我从宿舍的床上下来，顿觉四肢无力、头昏脑涨，我怀疑自己是不是肾虚了，因为想女生的事情太多，操碎了心，就身心俱疲了。我很担心自己的身体呀，才二十三岁就这样，那以后还不更差了啊，阳痿、早泄、勃不起来这些会不会都在我身上发生呢？还有前列腺炎、尿频、尿急、尿无力诸此种种，我陷入了深深的迷茫和恐惧中，以至于忘记了去刷牙洗脸。

记得曾经有一段时间，我甚至搞不清楚自己到底是女是男。那是我上初二的时候，有几个月我都感觉自己的乳房在胀痛，里面有个会动的小疙瘩，在手的作用下滚来滚去的。我脱下衣服看到我的乳房有些红肿，可能是我频繁揉的了，也可能揉只是表象，我感觉它们正在发育。为此，我一度怀疑自己是个女的，像其他小姑娘一样。那我以后是去女厕所还是去男厕所？这是件让我头疼的事情。我观察了坐在我附近的女生，她们的胸部发育得参差不齐，但都像是个大蘑菇似的从地里拱了出来，再看我的，像是埋在地里的小土豆，但我也很担心自己的乳房会像雨后春笋一样疯长。有一天我的乳房胀痛得难受，胸前湿漉漉的，像是渗水了，洇透了衣服，我低头闻了闻，有些腥膻，漏奶了。我们家的小母羊就是那样，那小母羊待产的时候乳房就漏奶，乳白色的，有一次我还挤了几滴抹在了嘴里，就是这种味道，那小母羊扭着头看着我，眼神里露出了满满的母爱。

　　我的乳房连续几天都在渗奶，我回到家里把小花狗抱到了胸前，关上门，还没有掀开衣服，它就在我胸前嗅啊嗅的。我掀开了上衣，没想到它还真舔，痒痒的，像是什么湿润又柔软的东西。我不知道该怎么办，恐惧和困惑像是漆黑一片的湖水，怎么也看不透底。我决定不耻下问，向班上那些发育得比较好的女生请教。牛庄有一个姓牛的女生胸特别大，发育得很好，我之前一直为她担心胸太大了会不会把衣服撑破，现在到了她该报答我对她关心的时候了。

二

　　牛姓女生长着一双牛眼，大而圆，凝滞，空洞，矩形脸，两个直角发辫牛气冲天，像极了牛魔王的私生女下凡，我就私自给她取名叫牛魔女。

　　我那年刚十三，正处于懵懂时代，牛魔女比我大两岁，发育又比我早两年，加上她基因好，单纯清瘦的我大概只能和她的胸齐平，这让我感到惭愧和自卑。经过了忐忑的几天，我终于平息了这场极其复杂的心理斗争，像是董存瑞炸碉堡、刘胡兰挨铡刀，充满了烈士情怀。我脸上的一抹红晕渲染了当时的悲壮场面。有诗歌用在这里倒是应景：慷慨赴燕市，从容做楚囚。引刀成一快，不负少年头。

牛魔女要去上厕所，我尾随其后，她就在我眼前，却咫尺天涯，很遥远。学校的厕所在教学楼的西面，去上厕所要先下楼然后穿过操场，距离也不算短。看着牛魔女走进了女厕所，我像是跟丢了猎物，眼前是进进出出的人群，牛魔女就在里面，而我却不知道她什么时候才能出来。等待的日子总是很漫长。我失神地静止在人流中，仿佛冲进急流中的一块小石头，不知道什么时候才能露出水面。你知道女生上厕所比较麻烦，她们僧多粥少，不比男生那样流转速度快，我的耐心就这么一次次地消磨掉了，机会也一次次错失。后来我发现等待根本不是办法，问题的关键是我缺少发问的勇气。我决定在操场中途拦截。我们的操场像是古代的战场，其原始程度到了人一走风一吹就烟尘滚滚的地步，这增加了拦截牛魔女的难度，也营造出了神秘诡异的气氛。

皇天不负有心人。经过缜密的部署，我那天下午在路上站着，大老远看到了牛魔女从女厕所出来。牛魔女朝我走来，我的心怦怦直跳，不经意间一头母牛的影子挡住了我的视线，仿佛面前有一座山。

"喂，歪脖，你为什么老是跟着我？"

牛魔女的眼睛真的很像牛眼睛，那时我真想发出一声惊叹。

"我有一个问题想要请教你。"

"嗯。什么问题？"

她又向我走近了一步，她的胸应该和我的眼睛持平，之前我低估了自己，看来自己还是比较谦虚。

"我们去花池旁边说吧？"

"真啰唆，像个小女孩，扭扭捏捏的，有话快说，有屁快放，老娘还要回去睡觉。"牛魔女很直接，开门见山。她盛气凌人，又有些不耐烦。

在略显紧张的气氛中，我对着睡眼蒙胧的救世女神说出了困扰我好多天的问题，但我似乎是过于紧张，导致表达一开始就有些不完整。

"你的胸变大的时候疼吗？里面有没有一个会动的小疙瘩？"我用极其认真的表情问。

"你说什么？再说一遍。"

"你的奶变大的时候疼吗？漏奶了没有？"我像个小学生一样等候着她释疑解惑，但很快就失望了。牛魔女像是要现出原形似的嗷嗷直叫，她用左手揪住了我的右耳朵，右手锋利的爪子狂挠我的脸，危险来得太猛就像是操场上莫名刮起来的小龙卷风。我没有反抗，是因为我吓傻了，并且沉醉在疑惑的沼泽中不能自拔。她把我放到了地上，像是骑木头一样骑在了我身上，正要发起更加迅猛的攻势时她突然不动了，就像是静止的水，变得莫名其妙起来。我问她的问题她也没有来得及回答，变得更加扑朔迷离、云山雾罩，在这凝滞的片段里天上的云彩却加速了流动，像是红色的火烧云，三昧真火从天而降落到了我的身上，她从我身上站了起来双手捂着肚子往女厕所跑去。牛魔女和红孩儿是不是同父异母的兄妹关系？红孩儿会喷火，牛魔女会喷水，血红色的，她难道真的是牛魔王的私生女下凡？

望着她绝尘而去的背影，天空的火烧云染在我的衣服上后消失不见，天变得阴沉沉的，像是要下雨，雷声骤然响起，淹没了上课的铃声。我等不及了，跑到女厕所门口时却和她的胸撞了个正着。

"滚出去，谁让你进女厕所的？"

她想抬起左胳膊打我，我赶紧往回退了几步，她没有赶上来追我，只是又瞪了我一眼，那眼神里充满着一种莫名的哀怨，竟又捂着胸倒退回了女厕所，并且在即将进去的一瞬间警告我："男生不准进女厕所！"

我的心里突然热乎乎的，我真的是男生吗？这连我自己都不敢确认，牛魔女却说我是男生，我热泪盈眶，感动得哭了。

牛魔女再次从女厕所里走出来，看到我还在操场上等她，她不屑地瞪了我一眼，问我："都上课十几分钟了，你怎么还在这里？"

我吞吞吐吐说不出话，跟在她身后保持着之前尾随她时稍远一点儿的距离。我们的教室在三楼，上到二楼时她突然扭头对我说："说，你都看到了什么？"

"我什么都没有看到。"

"看到了也不许对别人说。"

"不说。"

"那你赌咒。"

我只好照做。

她又瞥见了我衣服上的红色，要脱我的衣服，我捂着上衣说都干了。最后她停下来要我回去把衣服扔掉。

快进教室的时候她又回头警告我："要是敢说，把你的眼睛挖了。"

敢说和挖眼睛有什么关系呢？她用左手做了个挖眼睛的动作，让我先打报告进去，她尾随在我后面。

我根本不清楚我看到了什么，疑惑像是发面馒头逐渐地在我的心里生长蔓延。过了两天，我去上厕所，刚出厕所门就发现她站在厕所门口的路上，她想拦截我。跑了和尚跑不了庙，我还是硬着头皮走了过去，她叫住我："小土，你脸上的伤好点了吗？"

"还有点儿疼。"

她像是又要现出原形一样大声地对我说："我都不疼你疼什么疼？看我的小指甲都劈了，长了好几个月呢，这次又要重长，都怨你了，再敢说疼再给你抓破。"

奇怪的是那次我的脸上留了十几道指印，道道见血，我当时竟然丝毫没有察觉出来，以至于我喊报告的时候教几何的马老头戴着老花镜在我脸上反复扫视，感觉到疼是在有热心人之后，火烧火燎，像是几十只小蚂蚁在咬我。我懂她问我还疼不疼其实是想旁敲侧击我那件衣服扔没扔，事实上我家里穷又念旧情，那件衣服不舍得扔，只是不在学校里穿罢了。

　　也许是我的记忆出了什么问题，我记不清楚为什么后来我们成了朋友，还做了几天的同桌。那是在初三上学期期中排位前，她找我。她的成绩一塌糊涂，按理说只能坐在后三排的差生专区享福，然而由于我的缘故她坐到了第三排中间的位置，和我成了同桌。那时候男女生坐同桌还不是司空见惯，有悖于常理，不合清规戒律。但她既然找到了我，说她想好好学习，让我帮助她，我觉得她有浪子回头的风范就从了她。这像是一件奇闻逸事，引起了广大师生的关心，这让我备受精神的折磨，有点儿不敢直起头做人，纵然我想直也直不起来，但这几天还是破除了我以往心头的一团迷雾，算是释疑解惑。

　　那次她骑在我身上打我的时候由于用力太猛，情绪过度激动，大姨妈竟然提前来串门了，火烧云是血红色的，我当时不懂装懂，她也不是什么牛魔王的私生女下凡了。那次她从女厕所出来后伸胳膊打我，又把存在隐患的奶罩纽扣给撑开了，小兔子差点儿脱缰，好危险呀！那时候我已经上初三，不良反应早已烟消云散，那些曾经困扰我很久的未解之谜像是沉入海底的时光，打捞起来也只有怀念的意义。但我还是忍不住问起了当年问过她她还没有回答的问题，她成了害羞的大姑娘，趴在桌子上咯咯咯笑啊笑的，几次想忍都忍不住，引逗得我也跟着傻笑了起来。笑也会传染，世间万物真是不可思议。这下好了，一个歪脖，一个牛魔女，一对怪物趴在桌子上发病。很快我们就犯了众怒，热心人去班主任那里打小报告，说我和牛魔女在课堂上发笑，疑似在乱搞男女关系。还有教历史的蔡老师，我们正是从语文课一直笑着穿越到了他的东欧剧变、苏联解体课上，血的教训告诉我们要以史为鉴，其伟大意义莫不于此，出于对尖子生的保护，心地善良的蔡老师很快就找到了班主任王导，陈述利弊，直言要义。王老师快刀斩乱麻，以牛魔女发育得太好个子高挡住了后边个矮同学的视线为由将其流放到了最后一排的差生专区，又对我进行了极其严厉的思想教育，说我要身残志坚珍惜大好的学习时光，争取考上重点高中，改变命运，为祖国的四化建设增光添彩，要我立即和牛魔女划清界限。最后王老师又以期许的目光对我说，等我将来考上好大学了，好看的女生多的是。我仿佛看到了她们正排成一队等着我，可见其推心置腹的程度着实深刻。

时间很快到了晚上，那个古怪的胡子女生终于给我回复了消息，像是一个晴天霹雳袭来。

三

胡子女生说："你也不先问问我有男朋友没有，就跟我表白呀！我男朋友在上海呢。"

"真的吗？我以为你没有男朋友呢。"

"你没有谈过恋爱吧？"

"没有。我对你可是一见钟情，我以为你要让我做你的女婿呢。"

"你误会了。我配不上你。"

哎，虚幻不同于现实。这胡子女生倒是一针见血地看出了我没有谈过恋爱，而她男朋友都有了，肯定也不是什么处女了。这对我真是一个当头棒喝，惊醒了我一厢情愿的虚幻。那她语言还如此不检点，说话充满了挑逗性。要是我真误入了歧途，那岂不是要在纯洁的身心里染下了污点？自己好可怜啊。

"是我配不上你。你都有男朋友了，我还没有。"我说。

"别太自责了，你总不能让我安慰你吧？"

"都怨你。"

这样一来我也并不怎么迷恋胡子女生了，给她换个雅称吧——胡娘娘。本以为我和胡娘娘的故事该结束了，没想到她挽留了我，说我们可以继续做朋友。也好，这让已经到头的破路又断断续续多修了几里，修路的时间跨度大概是半年。

"你写小说啊？"

"是啊。"

"我也想写小说，你教教我。"

真傻，写小说这种东西怎么能教呢？她没有写过小说吧？

就像是我没有谈过恋爱。失之东隅，收之桑榆。她正好可以栽在我手里，总能有机会报上之前的一箭之仇；也说不准，上次她说有男朋友可能是骗我呢，那时我们毕竟才认识了几天。难道是她要和我死灰复燃？她想我还不一定情愿呢。

大三下学期开学，她染了黄头发，好像增加了几分姿色，可胡子还在，真让人担忧啊，胡娘娘的男朋友该不会也是个女生吧？我们一起去吃饭，不过没有给我留下什么深刻的印象，倒是那次半夜在微信上的聊天充满了浪漫的遐想。

她还让我读了她高中时候写的五言绝句诗，诗不怎么样，不过我还是违心赞美了她一顿。很快我们就转入了另一个话题，这话题牵涉到了肉体和灵魂。

"我有一个心愿一直没有实现呢。"我说。

"什么心愿呀？看我能不能帮你。"

"太难为情了。不过你肯定能帮我。我想亲一下你，然后再抱一下你。"

这个亲你不是接吻，就是亲脸蛋什么的。看我多单纯，她要是理解成亲嘴了那也行，一下也只是个泛指，不代表具体次数，只要胡娘娘肯同意，我随便都行，男人嘛，不用计较太多。

"什么时候？有时间限制吗？"（我以为她要同意了。）

"没有啊。"（我上了她的当。）

"那等我和男朋友分手了，或我离婚了，或我老公死了。"

"好吧，那别实现心愿了。"

"我是有原则的人。宁愿别人背叛我，我也不背叛别人。"

"你想多了。"

"别污蔑我。"

"果然是好女生，你刚才要是答应了我们就做不成朋友了。可都怨你，害得我今晚失眠。"

"明天请你吃鸭血粉丝汤补补好吗？本来都瞌睡了，和你聊天我也睡不着了。"

"明天咱们去看电影吧？"

"看电影不行。要么吃饭，要么算了，识时务者为俊杰，你自己选吧？"

"那还是实现我的心愿好了。"

"现在不行。"

"那你什么时候和你男朋友分手？"

"这个不好说。咱们认识得太晚了。"

我们第二天傍晚一起去创业中心喝了鸭血粉丝汤。她穿了一件灰绿色的及膝短裙，我们俩并排着走，伪装成一对情侣，真是讽刺。路过一片木瓜林，鹅蛋大的木瓜摇曳多姿，有两个女生在讨论木瓜可以丰胸。怎么丰胸啊，是吃了还是塞进去？我像是在对天发问。两个女生开始哈哈大笑，我们也哈哈大笑，这时我又想起了十年前的牛魔女，我牵挂的胸现在不知道有没有更大。到了地方，胡娘娘给我买了一大碗鸭血粉丝汤，让我好好补补身体。我补什么补？补有什么用？看着闪着红光、漂浮在水面的鸭血，我的心都在发疼。

她是一个少言寡语的农村姑娘，在我面前却滔滔不绝。我们有缘无分，她都有男朋友了，我做她朋友还是小三？这真是一个道德难题。我不能因为我们是知音（我是这么认为的）就突破了灵肉的界线，可换一句话说，她都疑似不是处女了，真是和我发生了性关系，反正她都试过好多次了，只要别怀了我的孩子。

好在我们都是正经人。喝完了鸭血粉丝汤，我浑身充满了力量，往回走的路上，我非常认真地欣赏了她的短裙子、粗短腿，还有装门面的乳房等，我的内心荡漾起无限的伤感。过马路的时候，后面有人推着一辆自行车路过，我拉了拉她的胳膊，她身上的毛发扎了我一下，像是金圣娘娘身上穿的五彩霞衣，我对她说："小心有车子。"我的手很快就放开了她，有刺扎在手上隐隐作痛，我却装出一副害羞的样子，她什么都没有说，那就是她默认了。路过一片小池塘，里面的芦苇青葱茂盛，莫言小说里的红高粱地从我的脑海里一闪而过。经过南苑花园时，我们驻足了两秒钟，那里是情侣做课间操的地方，我提议我们从那里穿过去，理由是两点之间直线最短，抄个近路吧。花园里杂草密布、小径分岔、错综复杂、相互勾连，像是博尔赫斯小说里的迷宫一样，我们走出来花了比走大路更多的时间。见到大路的那一刻夕阳仿佛格外温暖，蓝色的天、白色的云重叠又分离，交织了纯洁无瑕的傍晚。胡娘娘谢幕了。其实，早在比这个傍晚更诗意的傍晚之前，另一个古怪的女生黑丝小姐已经映入了我的眼帘，我们的故事那时已经开演。

四

　　有一个场景总是萦绕在我的心头，不知这场景是亲历还是梦幻。在场景里，我途经一片奇异的玫瑰园，玫瑰花如鲜血一般红艳。花是植物的生殖器。这句话也不知是哪个不要脸的老东西说的，不过细想起来，比喻得也挺妥当。西方有"猛虎嗅蔷薇"。这里的蔷薇就是玫瑰，而我不是猛虎。我沉醉于这迷人的玫瑰花海中，都说好看的花有刺，我细细观察这凄美的玫瑰花，其茎下竟然无刺，这让我产生了幻觉。既然花是植物的生殖器，那每一个赏花的人都是不要脸的流氓。但花比人真诚，可以赤裸相见。临了我用身体做成的浴霸给一朵古怪的玫瑰花洗了暖水浴，出浴的红玫瑰花羞红了脸，娇艳欲滴。就是在那次亦真亦幻的场景中，我的心里面扎进了一根隐形的花刺，所谓隐形就是无影无形，但它实实在在刺痛着我的心灵。

　　黑丝小姐是因为喜欢穿黑丝袜而得名。黑丝小姐还有另一个稍显霸气的称号，叫蝙蝠女狼，之所以叫蝙蝠女狼是因为她长期穿一件黑色的蝙蝠衫，面相又长得像狼，这可能是她从小生活在牧区草原的缘故。缘分总是不期而遇。这要从大三上学期的选课说起，因为我选了很多二班的课，在上课的过程中不仅邂逅了胡娘娘，也邂逅了黑丝小姐。黑丝小姐大多时候是清一色的黑丝装，其古怪装束便成功勾引了我的注意力。黑丝小姐还有一股天然的高贵范儿，目空一切，昂首挺胸，不苟言笑。

她来自遥远的海西省。

不过我们刚认识的时候她倒是挺谦虚的。我流俗地称她海西女神，她竟然相当惭愧地不敢答应，说她不是女神，让我以后不要叫她女神，叫她同学或名字就好了。看着她尖尖长长的眼睛，我成了浮在水面上的稻草，有些轻浮了。

显然是天遂人愿。大三下学期我们竟然在同一门重修课上见了面，而我们和低年级的弟弟妹妹们坐在一起学习又很丢人现眼，最后一排的角落成了我们的根据地。每周我都给她占位，同桌的经历给了我们巨大的探究空间。

"你这是什么裤子？"我问。

"这是打底裤。"

"你穿这么薄冷不冷？"

"不冷，这看起来很薄其实很厚。"

"你怎么不穿黑丝袜了？"

"一个洗了，一个破了。"

"你眼睛怎么了？"

"没怎么，画的眼线。好不好看？"

"好像一个眼大一个眼小。"

"太伤心了。你说不好看。"

"你把脸转过来，我再仔细看看。咦，真好看！"

"你骗人。你刚刚说不好看。"

"我没有见过女孩子画眼线，刚刚没有反应过来。"

"骗人。"

黑丝小姐并不像我之前想象中的那样是个海西女神，她只是古怪，也可能只是异域风情。她不远千里来到中原，几乎没有交什么朋友。我问她，海西有什么好玩的景点？黑丝小姐说，有海西湖，还有原子弹试验基地。原子弹试验基地？这能去玩吗？核辐射那么多，你是想让我永远留在大海西吧？她笑了，笑得很诡异，说这些地方她也没有去过。我去，她这完全是对仰慕海西的潜在远方来客不负责任。

有一次上重修课，海西女神突然蹲到了座位底下，我问她："你怎么了？"

她示意我："别往下看。"

她说不让我往下看我就不看啊，我偏看。哈哈，好戏总是在不断地上演，十年前牛魔女奶罩纽扣掉了的一幕重现，只是黑丝小姐比较大胆，敢在桌子底下就地解决，她的乳房白皙丰满，乳沟深深清晰可见。从我的位置俯视下去只能看到这么多了，不能贪得无厌啥都想看见。她从桌子底下钻出来，我假装正经地问："怎么啦？"

她微微一笑脸上泛出了红晕，说："没什么。"

哼，这种事情我见多了。怪就怪女生的奶子太丰满，也可能是奶罩质量不过关。黑丝小姐喜欢在课堂上睡，但不知道是真睡还是假睡，我只好冒险去试探。

　　"别碰我。我不喜欢别人碰我。我会打人的。"黑丝小姐威胁我。

　　我有两次在课上提前离开，是去看电影了，她帮我在课堂上盯着。她说只在电影院看过一场电影，我说我也是。随着和黑丝小姐交往的深入，我心目中高贵的海西女神成了没有见过世面的土鳖公主，我们的矛盾也迫不及待地到来。

　　一次上课，她又玩起了我的手机，她的手机内存太小，连女生必备的美颜软件都装不了，她就用我的手机自拍，美颜完了传她QQ上，然后再把我手机上的照片删掉。我说给我留两张做个纪念呗，你这卸磨杀驴的做法可太不近人情。她拒绝了我的合理要求，我说那我们合影留念，她还是拒绝，这严重伤害了一个男人的自尊心，土鳖公主真是不懂世故人情。她用我的手机搜图片，在搜一个日本女明星的不雅照时被我看到了，那日本女明星着性感比基尼装，我忍不住也想看看，她生气了。我冷落了她两周时间。

　　又一次上课，她无精打采。我一猜就知道她大姨妈来了。她坐了一会儿说肚子难受想回去，我说再坚持一会儿。看她病快快的样子倒是散发出了些许女人味，是这个时间雌性荷尔蒙分泌比平常多的缘故吧。这也刺激了我的神经系统。我说："你喝红糖水了没有？"她瞪了我一眼，表情严肃地说："没有喝。"哈哈，承认大姨妈来了吧。她说她腿有点冷，我说你挨着我近点，我好把我身上的热传给你。她又瞪了我一眼。

　　"你男朋友呢？"我故意诈她。

"大二时候就分了。"她说。

"你吃亏了没有？"

"没有。是我甩的他。"

这傻姑娘，连这话都听不懂。我想问的不是谁先甩了谁，是她被上了没有，被上了大概多少回。这才是我最关心的问题。但我更加失望了，被甩的是她第二任男友。高中的时候她竟然早恋了。

我向她通报了我以前修的断头路，她说不认识胡娘娘。我说那女的早就有男朋友了。她问我喜欢什么类型的，我说我现在喜欢的是那种古怪的不正常的。她说，说说看。我不介意身边的人喜欢同性。我说，我不喜欢男的，我又不是同性恋。你不会看上我了吧？她狼一样的脸上笑得很勉强，显出一副不屑的表情，说我还是好色，都认识那么多美女了。我说，认识美女多又不是睡的美女多。

巨大转折就发生在这次对话后不久。那时候已经接近期末。

五

有一个女生正在外面请我吃饭，她给我打电话，我没有接。我恨透了她的趾高气扬，把我当仆人使唤，她以为她还真是土鳖公主？我到底是人善心软，陪那个女生用完膳一回到校园就给她回电话，她一口咬定我是故意不接她的电话，其口气像是在捉奸。我谎称自己生病打针去了，这才换来了她的重新吩咐，让我帮她写期末作业。刚请我用膳的那女生就是为了报答我为她付出的智力成果，而帮土鳖公主我是白干还吃力不讨好，我就复制粘贴三分钟草草了事。谁知道她又得寸进尺，重修课考试要我帮助她。

冤家路窄。一次喝汤，土鳖公主突然叉着腰站在我的面前，我怀疑她真会打我，我像是被霜打过的茄子一下子就软了。我同意帮她，但有一个条件，那就是她要请我吃一次饭。土鳖公主似乎缺乏请我吃饭的诚意，一拖再拖，这让我怀疑起了她的可信度。

我给她发了恶毒的控诉加绝交的短信，这让我心惊胆战、寝食难安。她给我回了短信，说她答应请我吃饭一定会请，之前是她没有时间或者没有取钱，对不起让我久等了，今天傍晚就去创业中心吃茄汁面，说我说那样的话太让她伤心了，她从来没有对我做过什么不好的事情。至于那次日本女明星的不雅照片，她说她根本就没有看，是我在抢手机的时候点开的，一个男生在女生面前看那种照片，让女生怎么办？

我觉得自己对不起土鳖公主，心里充满了歉疚，恨不得以身相许。

我们一起去吃了茄汁面，她显现出了少女般的母爱气息。我说茄汁面都吃了，不差一杯柠檬水。之后我们买了正做促销买一送一的柠檬水，经过小径分岔的南苑花园旁边，我说我们进去坐会儿把柠檬水喝完，她说里面有小虫子，要是爬她身上她回去会把整个床铺给翻一遍。为了减轻土鳖公主的劳动负担，我打消了整个念头，然后我们在南苑餐厅门口温柔地告别，说实话我们还有一丝丝相互留恋。

重修课考试到了，我说考试完了我请你看电影，她欣然答应，我订了票。按照考试名单，重修课考试那天她坐在我的后面，我尽最大努力让她看我的答案，但考试结束了，她却说我挡得太严她什么都没有看见。在回去的路上，她一遍又一遍估算着成绩，我请她吃饭，她说她没有带钱，明天考试完回请我吃饭，然后我们去电影院。吃麻辣烫的过程中她充满了女人味，像个小媳妇。回去的路上她不断地掀盖到大腿内侧的蝙蝠衫，又问我为什么请她吃饭。走到小东门的时候她说她想去洗澡，那时候已经晚上九点，学校浴室早已关门，但去小东门的大众浴室还不算晚，她是在暗示我们一起去大众浴室洗鸳鸯浴吗？难道她一路上掀超短裙一样的蝙蝠衫是在打发情的信号弹？

第二天下午我提前四十分钟交卷。外面的云层深沉厚重，又波澜不惊，壮阔如巨船，太阳的金光穿不透云层，像是戴了一顶半透明的帽子。黑丝小姐提前了一个小时交卷，正在寝室里梳妆打扮。

我走到南苑超市买了两瓶冰红茶和一包饼干，却遇到了菠萝姬。菠萝姬是一个长得像菠萝的女生，我们有过一面之缘。下午五点，黑丝小姐还不到，我有些焦躁起来。后来，她出现了，慌慌张张地对我说："室友矮倭瓜今晚过生日，是她刚告诉我的，我跟你去看电影算什么？你自己去看，我给你买饭。"

我看到了她修葺一新的装束，但我不打算失去和她一起看电影的机会，就提出了折中条件：明天你请我看电影，今天的饭不吃了。她像个蝙蝠飞回了寝室。这电影是网上买的特价票还退不了，就像是马上举行婚礼了突然找不到新娘子，让人发慌。我在南苑餐厅门口踟蹰，像是无计可施的猪，刚好胡娘娘交卷归来，天空仿佛出现了一道亮光，尽管难续姻缘，好歹也能救个场。她说她太累了，想回宿舍休息，天空的光又暗了下来。我突然想起了菠萝姬，她应该还没有走远。我们两人步行走到了电影院。

那场电影很震撼，看完了我们又步行走回校园。我对菠萝姬没有任何非分之想，因为我不习惯她脸上的雀斑在路灯下映画出的火星表面。

和女生一起看电影成了一件让我内心极其不爽的事情。有一个细节就是她不品尝我给她的冰红茶和饼干，以为我会下毒占有了她的贞节似的。我不知是她可怜，还是我可怜。在看完电影的路上，胡娘娘给我发了微信，问我是否去看电影了，我说看了。她以为没有她我就不去看电影了。她说："路上小心被女鬼劫色哦。"

胡娘娘又给我发了个微信语音，说她正在 KTV 唱歌呢，她室友唱得真难听，她都想回去了。唱歌都不累了？请她看个电影就累了？

　　时间约好在中午两点钟。我提前去了南苑广场等黑丝小姐，她依旧穿着黑丝袜，袜子上的格格很大，露出了斑斑点点的白肉。我曾经幻想过那样的情景，在月光皎洁的晚上，我们看完了电影，在回来的途中我抱住了她，我们亲吻、拥抱，她坐在我的腿上，我们在花园的台阶上做爱，我不知道为什么南苑花园的情侣们都喜欢用这个姿势，也许是为了更好地掩耳盗铃，这样若隐若现，一定很激动。我们的激情也会那样水漫金山，情难自已。尽管她早都不是什么处女了，但还有土鳖公主的魅力，我的清白之身就便宜给她了。张爱玲说过，接近女人心里的最快通道是阴道。只要我走进了她的心里，我们将来还可以结婚，无论她是黑丝小姐、蝙蝠女狼、海西女神还是土鳖公主，远在海西边陲情感不开化也没关系，这些都不是障碍，我想我很快就能结束心灵的流浪状态，干涸的心田很快就能被古怪的海西姑娘浇灌，海西说不定还能成为我的第二故乡。总之，只要和那女生去看电影我的感情就有希望。

　　矮倭瓜也来了，打着伞，像是从粪堆里长出来的肥蘑菇。她们在前，我在后。我问黑丝小姐，你怎么不打伞？别晒黑了。黑丝小姐说，她不习惯打伞。我问矮倭瓜她昨晚过生日的事情，她吞吞吐吐说不清楚。我问黑丝小姐，怎么没见你穿过裙子呀？

　　她说，穿裙子太麻烦。也许是太阳太毒，我听成了不安全。黑丝小姐假装没有听见，或者是根本不想理我。矮倭瓜扭头扫射了我一眼。火热的太阳在大地的脸上无情地制造着热浪，路面上浮出了层层奇异的波光。

三个座位挨着。我在左，矮倭瓜在右，黑丝小姐居中。电影是那种年轻姑娘们喜欢的类型，她们都在津津有味地咀嚼吞咽。土鳖公主对电影里拙劣的表演大惊小怪。电影过半，矮倭瓜接了个电话，她有事情要提前离场。我本以为矮倭瓜是为了弥补因为她过生日而耽误我们的电影，但越发觉得不像。几乎就在矮倭瓜起身离开座位的一瞬间，黑丝小姐也站了起来，紧追她的步伐走了，甚至忘了向我告别，就迫不及待地成了黑夜里的蝙蝠飞向了黑暗里的幽光。我镇定自若地占着三个座位等到电影散场。变天了，太阳躲进了云层的阴影里。

狂风大作，混乱的行人像是被突然挖开老巢的蚂蚁四处逃散，一道明亮的闪电划过天际，我心里的那根隐形的花刺又开始隐隐作痛。电闪雷鸣后下起了暴雨，整整七天七夜，试图把我的记忆全部洗清，而我的诺亚方舟还杳无踪影。

九〇后小说家之死

一

看到这条朋友圈时，张初心和杨小蛮刚在酒店的床上做完热身运动，额头上的热汗尚未滴落。你怎么不行了？上面的杨小蛮一脸的不满，她一把夺过了张初心手里的手机，能不能用点心儿啊，我的编辑哥哥，关键时刻就别玩手机了。他们开的是钟点房，钱是杨小蛮出的，她有点儿心疼钱，想和她的编辑哥哥在床上争分夺秒，好把时间最大化利用。

不好了，小宝贝儿，出事儿了。张初心一脸丧气地对骑在他身上像是骑野猪的杨小蛮说，咱们市的九〇后小说家死了。哪个九〇后小说家？杨小蛮疑惑不解地问，此刻她的眼神里充满了迷离的色泽。咱市还有哪个九〇后小说家，不就一个九〇后小说家小卡佛，他死了。怀着说不清的心情他关掉了手机，一转身把她压在了身下，两个人快乐得死去活来的。

办完事儿，已经过去两个多小时了，两人互相给对方仔细认真地整理了身体，一前一后间隔三分钟走出了酒店。张初心打上车回了市文联编辑部，带着温存后的醉意，他先把女诗人的几首情诗存到了电脑里，然后又在微信里搜了几篇小卡佛发在公众号上的小说，他准备在月底印出来的内部刊物上给他发个小辑专号。他年纪轻轻就死了，算是英年早逝，好歹纪念一下他，也能体现市文联对文学新锐一贯的重视和栽培，这也是对非议市文联不作为的有力回击。年轻女诗人杨小蛮的几首情诗排了诗歌头条，他拍了个照片用微信发了过去，杨小蛮一连发了几个抱抱，他随手回了四个字：还想要你。

应付完黏人的小蛮，张初心发现文联的工作群早已经炸开天了，都在转发小卡佛生前发表在微信公众号上的小说，小蜡烛迅即照亮了朋友圈，刮起了一股哀悼死者的狂潮。突然，有人在微信群里问，小卡佛死哪里了？怎么死的？群里的文友纷纷追问，有文友不信说这是造谣，有文友立马站出来辟谣，群里乱糟糟的，像是农村妇女吵架。张初心一脸迷茫，他心里想：不会是假死吧，妈的，老子刚才脑子一热稿子都排好了。为了核实情况，他翻朋友圈找到了最先发布消息的市作协副主席王文化，一个电话打过去，王文化说这是真的，他两个小时前在大街上路过时看到了，死者正在街边的花池里躺着，但他老婆病重快断气了，他要陪老婆到医院治病，过会儿用微信把地址发过去，就挂断了电话。呸！张初心朝半空中吐了一口唾沫。老秃驴，×死你，×死你老婆。

他照着王文化微信上发来的地址，打车来到了滨河路北段，颍河水静静地流淌，反射着初夏时节迷人的波光。出租车开过了颍河桥就看到一群人像是鸭子一样伸着脖子在路边的花池旁围观，花池旁边拉了一条淡黄色的警戒线，这极大地勾起了路人的好奇心，几个环卫工正在给路人介绍所见所闻。张初心下了车，顺手问司机要了几张其他乘客不要的发票，他认真地折叠好后塞进了钱包的夹层里。他朝着警戒线走去，在离警戒线还有五六米时他停住了脚步，眼前聚集了一大群俗人，但他们不认识大人物站在他们后面，没有人给他让路。他也不打算挤进去，他手搭凉棚蹲到了地上，从一个少妇的大腿缝隙里看到了仰面躺在花池里的小卡佛。他心里嘿嘿一笑，这小东西，死了还压住几棵花花草草。他的下面突然有了反应，杨小蛮曼妙的身体不请自来出现在他的脑海里。

小卡佛的手里紧握着一根发黑的小竹竿，身上套着的乌七八黑的夹克衫像是从煤堆里扒出来的，头发乱糟糟的像是野刺猬身上的刺。旁边还丢着一个脏兮兮的蛇皮袋，里面鼓鼓囊囊的，袋子最里面放的是几本破烂不堪的世界名著和几篇写在草纸上的小说手稿，外面放的是他拾荒的劳动成果，一堆矿泉水瓶子和几个压扁的破纸箱子。

初夏的天气虽然不是很热，但已经生了不少苍蝇，有几只正趴在小卡佛的脸上观光，不仔细看还以为是黑痣，张初心嘴里像是吃了一只活蛆，喉咙里发出一阵干呕。他极不情愿地掏出手机透过少妇的大腿缝隙拍了几张小卡佛的遗照，他眼前的少妇貌美肤白，屁股很翘，这迅速抵消了他看到死人后的不适感。少妇一回头，她丰满的大胸如一股强大的电流瞬间击中了他的双眼，他情不自禁地产生了一丝冲动，甚至产生了给少妇签名的想法。他摸了一下钱包，从里面掏出一张印有微信二维码的名片递了上去，嘴里结结巴巴地说，扫……扫……扫码，加……加……加我。他的脸羞涩得红了，忍不住手舞足蹈起来，少妇厌恶地看了他一眼，认为他是发虚假广告的，转身就把金黄色的名片丢进了垃圾桶里。

望着少妇绝尘而去的身影，留在原地驻足久久不愿回神的张初心一阵惆怅，墙里秋千墙外道，多情却被无情恼。他忍住刚才的悲伤心情，用美颜软件给小卡佛的遗照修了修图，配文发了个朋友圈：天妒英才，我市九〇后小说家小卡佛不幸离世，愿他在去天堂的路上一路走好，在那边要再接再厉，不断创作出惊世之作，为我市的文学事业再立新功。后面点了一串小蜡烛，感情真挚，温暖感人。

二

说来也奇怪，小卡佛生前没什么名气，死后几个小时竟在微信朋友圈引发巨大的轰动，哀悼小卡佛的微信消息持续发酵。市文联的赵主席在张初心的朋友圈下评论，说通知派出所和殡仪馆，一方面调查死因，另一方面准备开追悼会，给全市关心和爱护文学事业的人民一个交代。张初心临危受命，忍住恶心，死守在现场，通知了派出所和殡仪馆。派出所来人调查后说排除了他杀的可能，看样子是饿死了。殡仪馆龟速，迟迟不来人。张初心没有闲着，他打开手提包里的电脑，像是便秘似的蹲在路边上，用手机开了个人热点，加工了一篇纪念小卡佛的微信文章，发给赵主席预览。赵主席提出了两点十分中肯的意见，他认真地领会并做了细致的修改后，打开了打赏功能，发在了市文联的公众号上。文章如及时雨般满足了一众文友的饥渴，之后迅速刷爆了朋友圈，两天内破了十万加，成为爆款。

朋友圈的哀悼活动如火如荼，市文联果断召开了紧急会议，并邀请了市里大大小小的媒体参会。会上，王文化抢先发言，他说是他最先发现小卡佛去世的，那时候他正陪着老婆去北关医院，在滨河路北段的花池里边，看到了小卡佛的尸体，当时他的心里一阵悲痛，像是犯了心脏病差点儿死在路边。本来是他陪老婆去医院的，现在弄成老婆陪他去医院了，这次紧急会议，他是抱病而来的，小护士还死劝活劝不让离开医院，没法他金蝉脱壳悄悄溜出了医院，他心里疼啊，青年才俊，小荷才露尖尖角，咋说死就死了，还死在了大马路边。他捂住了心口，说心绞痛犯了，连忙招呼市文联办公室的珠珠美女给他茶杯里添水。珠珠不情愿地过来添水，王文化趁机悄悄说了一句，几天不见你胸又大了。讨厌！珠珠照他腿上踢了一脚，那动作很轻，一点儿都不疼。这事儿让旁边的张初心看在了眼里，他恶狠狠地朝王文化那边瞪了一眼，心里骂道，死老头子，真不要脸。他站起来一把接过了珠珠手里的热水壶，给珠珠使了个眼色把珠珠支到了一边。

市文联的赵主席对于市作协王副主席的抢话十分不满，倚老卖老，不就多吃了几年盐，狗仗人势，不就有个女婿在市政府办，一贯不把领导放在眼里，搞得市作协的刘主席常年请假都不敢来作协上班，真是无法无天了。但他还是隐忍了一下，清了清嗓子说，王主席辛苦了，为咱们市的培养文学新人事业倾注了巨大的心血，这我们都看在眼里记在心里，化成灰都不会忘记，王主席老骥伏枥的同时也得多保重身体，毕竟身体是革命的本钱嘛！说起来我就很痛心，咱们市的九〇后小说家小哈佛死了，英年早逝啊，这也为我们老同志敲响了警钟，平时少喝几杯酒，晚上尽量别去娱乐场所搜集创作素材，在公园里多锻炼身体，以小哈佛……引以为鉴。咳，咳，坐在赵主席对面的张初心一连发出了两个"咳"，像是喉咙里卡了口痰，这吸引了赵主席的注意。他一脸迷茫地朝张初心这边看，张初心用手卡住了脖子，如同喉咙里卡了根鱼刺，这个动作很生动形象，但单纯的赵主席显然没有领会其中的要义。

张初心无奈，只好站了起来走到赵主席耳边，对他说，我们市死的九〇后小说家叫小卡佛，不叫小哈佛。赵主席"哦"了一声，脸上露出了一丝恍然大悟的神色，他说哈佛是美国的，脑子里有点儿熟，口误口误。他急忙用手敲敲话筒，张主任刚才说话筒坏了，没坏没坏，好好的还能用。大家心领神会，装出一副十分无辜的表情。他继续讲话，刚才说小卡佛这个年轻作者，是我们市文学事业的骄傲，他已经在好几家大的刊物发表过短篇小说，比如仅仅在南方的著名杂志《作品》就发表了三篇。在座的各位，也包括我，我们都很惭愧啊。你说说你们，你们的小散文、诗歌发在咱们市文联的内刊就高兴得又是唱歌跳舞又是请客吃饭，再看看人家小卡佛，多低调。有句古话叫窥一斑而知全豹，从他的笔名就能看出来不一般，有特色，朗朗上口，让人印象深刻。小，代表了他年纪小，为人谦虚；卡，代表了他要像卡车一样跑在大马路上，这很有志向嘛；佛，代表了修仙成佛，这是一种高超的艺术境界，是他的终极文学追求。这都值得我们在座的各位老同志学习啊。

赵主席接着说，开这个紧急会议，还有一件重要的事情要宣布，市里的领导已经知道了，对小卡佛去世这个事情很重视，想必诸位也听到了一点儿风声。我们市绝无仅有的九〇后小说家死了，这是我们的失职，我们必须痛定思痛，表个态做出个样子来，不然船翻了，大家都不好过。为此市文联定于三天后举办一个九〇后小说家小卡佛追悼会暨九〇后小说家小卡佛小说研讨会，到时市里的领导和省里的文化界名人都要来，具体的安排随后会按照上面领导的要求下发文件，请大家务必重视起来。张主任抓紧时间把小卡佛的小说小辑专号这两天给印出来，虽然是内刊，但也是一种姿态一个动

作，研讨会上大家要踊跃发言，说出真知灼见，谈出真情实感，
道出惋惜之痛。内刊没有印出来之前大家先在微信的公众号
上读读这个小作者的小说，我们不打无准备之仗，大家务必
早做准备。

三

　　散了会，在杨小蛮开的小蛮腰咖啡馆里，张初心忙着把
排好的文档发给印刷厂的经理老钱，他对经理老钱说，这次
要印刷三万本，是之前的三十倍，不仅要保质保量，而且要
印刷得快。经理老钱赔笑说，好的，张主任，您放心，还是
老规矩，到时给您返这个数。张初心阴了一下脸，心里骂道：
无耻的商人，就知道钱，和他的姓一个形。老钱故意不看他
的驴脸，而是扭头递上来了一张咖啡馆的会员卡，说里面充
了三千送了三千，权当是他支持小蛮妹子生意的。张初心没
有接，老钱识趣地把卡放在了桌子角边，点头哈腰退了出去。
出了咖啡馆的门，老钱对着马路牙子上蹲着的一条哈士奇说，
装清高的狗文人。引得牵狗的彪形大汉摩拳擦掌横眉竖眼，
他悻悻地钻进停在路边的轿车里逃走了。
　　小蛮踩着恨天高扭着水蛇腰进了包间，一屁股坐到了张
初心的大腿上，她一眼就瞧见了桌子上的会员卡。张初心冷
冷地问，你是不是和那个印刷厂的老钱眉来眼去的？小蛮扭
头就是一顿小粉拳，捶得他心肝乱颤，怒气瞬间化作了爱怜，

一把搂住了小蛮的小细腰，小蛮趁势直往他怀里钻，两个人越贴越紧。

小蛮娇羞地问：你怎么把人家给你写的情诗和那个死人的小说排到一本刊物里了，晦不晦气？

你不懂。张初心耐心讲解，他人虽然死了，但是他火了，现在好多作者挤破门槛想和他排同一期还排不上呢。小傻瓜，说不定带着你也能火。张初心拧了一下她在韩国整过的小鼻子。杨小蛮一点就通，搂着他的脖子照着他的嘴唇一顿狂吻，她的小粉舌搅和得张初心身上一阵火热一阵火热的，情难自已。但张初心还是控制住了，他晚上还要回去给老婆"交公粮"，不得不保留精力。杨小蛮无奈地用纸巾擦干净了张初心脸上的红唇印，他在桌子上留下了那张会员卡，小蛮塞进了乳沟的夹缝里，两人依依不舍地离别。

到了家，吃了晚饭，张初心就迫不及待地把老婆抱上了床，一阵昏天暗地的折腾后已是后半夜。老婆体力透支昏死过去，张初心看了会儿手机刷了刷朋友圈，给杨小蛮点了个赞后搂着老婆的身体进入了梦乡。

外面的天昏昏暗暗的，杨小蛮下身穿着超短裙，上身穿着豹纹紧身衣，显得身材苗条又紧致。张初心拉着杨小蛮的手走进了市殡仪馆，殡仪馆里亮如白昼，几盏硕大的冷光灯挂在屋顶上发着阴森的光线，里面空空荡荡，安静得掉根针都能听到。他们有些鬼鬼祟祟，像是怕被人发现。他们手牵手走过一间又一间的小房间，像是播放旧式电影的胶片。他们走进了最里面的一个小房间，里面的墙壁粉刷得很白，一张移动的铁床上躺着一个人，人身上盖着洁白的床单，他关上了门，目视着小蛮，他发现她愈发诱人，勾着他的心。他迫不及待地抱住了小蛮，把她压在墙壁上，狠狠地撞击着她的身体，就在渐入佳境之时他们听到了一群脚步声，脚步声戛然停在了门口，他们俩停止了动作。门突然开了，赵主席、王副主席领着一群人走了进来，赵主席打量着他和小蛮的裸体，嘿嘿笑着，像是不怀好意的坏笑。这时白色的床单下面有了动静，坐起来一个人，正是面黄肌瘦的小卡佛，他揉了揉眼睛伸展了一下懒腰说，我都饿昏好几天了，快给我点儿吃的。

　　这一突发情况吓得众人惊慌失措，尤其是杨小蛮，她竟然吓尿了，蹲在地上呼呼啦啦，脚下的地湿了一大片。王副主席的眼镜片被人蹭掉了，他弯腰摸着地到处找，众人乱作一团。赵主席大喝一声，众人这才停止了喧哗与骚动，只见他疾步走到床前，伸出铁钳子一般的大手卡住了小卡佛的脖子把他摁到了太平间的停尸床上，他口里念叨着：你回那边去吧，保你在阴阳两界的荣华富贵享用不完，乖，不要留恋人间，快走，你还不快走，嗯，嗯……小卡佛倒下了，白色的床单再次盖住了他瘦小的身体。赵主席转过身来，众人纷纷退出房间，他用那双卡小卡佛脖子的手一把抓住了小蛮的细胳膊，把她压在了一张空着的停尸床上，门关上了，里面小蛮的呻吟声此起彼伏，外面的人或蹲或趴像是树上结的黑木耳一样贴着门听里面的声音，个个兴奋异常。张初心提着裤子，头不停地往墙上撞，发出咚咚咚的声音。

原来这是一场噩梦。老婆正用迷瞪的眼睛看着满头大汗的张初心，他擦了汗，心里苦笑道，领导不愧是领导，在梦里也是领导，临危不乱，泰山崩于前而色不变，他转念又想道，见色起意的老东西，在梦里把杨小蛮在他眼皮底下给弄了，那小蛮本来该是他的。

四

追悼会上，人山人海，有许多热心群众慕名而来，自发送我市英年早逝的九〇后小说家最后一程。追悼会现场一个巨大的募捐箱十分醒目，群众和文友纷纷解囊献爱心，三万本刊物也很快哄抢一空，有个别群众路途遥远没有买到，只能借一下别人的刊物拍照发个朋友圈以解遗憾之情。

追悼会在殡仪馆豪华厅举行，赵主席主持仪式，市领导、文化界名流、真爱粉丝以及家乡代表做了讲话和简短发言。赵主席声泪俱下，几度哽咽地做了总结讲话，他号召广大群众以及全市的文艺工作者向九〇后小说家小卡佛学习，历史不会忘记他，人民不会忘记他。

追悼会刚进行完就变天了，狂风大作，电闪雷鸣，降起了暴雨。来参加小说研讨会的嘉宾觉得在殡仪馆太庄严肃穆，怕放不开，提议去酒店。众人纷纷表示同意，于是下午的小说研讨会换成了在五星级的颍河大酒店。

研讨会开始前十五分钟，张初心把印有小卡佛小说的小辑专号发到了参会嘉宾手里，嘉宾们顿时化作狗熊埋头苦看，整个大会议室里只能听到沙沙的翻书声。

研讨会由赵主席主持，他分别介绍了参会的嘉宾：著名诗人、省文联副主席、省作协副主席、文学双月刊《××》杂志孙主编，著名小说家、散文家、评论家、出版家、书画家、手稿收藏家、省青少年评论家协会李主席……以及我市的文化界名人，赵主席不辞辛劳都一一做了十分详细而隆重的介绍。会场里不时响起热烈的掌声，列席研讨会的媒体朋友坐在后排全神贯注地玩着手机，等待会议结束后发新闻通稿，好对得起车马费。

赵主席用他颤抖的声音说，我市已故的九〇后小说家小卡佛是我们的骄傲，我们紧赶慢赶还是晚了。小卡佛是一位真正的青年新锐小说家，他自幼孤苦伶仃，饱尝人间苦辣酸甜，他之所以能在文学上取得这么高的成就，在社会上引起这么大的轰动，离不开这片一直滋养他的土地，在社会各界的广泛关怀下他顺利完成了初中学业，在我市优良的文学氛围的熏陶下他爱上了文学并义无反顾地走上了文学之路。他扎根基层体验民间疾苦，他在农村种过地、在建筑工地提过灰、在电子厂里打过工、在大马路上拾过荒，他是真正把文学走进了生活，把文学当作人生中最重要的一部分，他的小说之所以那么好正是融进了他深刻而独特的个人生命体验，他的一生是短暂的，但又是漫长的。我这算是抛砖引玉，下面请大家按顺序踊跃发言。

著名诗人、省文联副主席、省作协副主席、文学双月刊《××》杂志孙主编首先发言，作为外来的和尚，大家都认为他比较会念经，众人不约而同地把眼神汇聚到了他那里。他是个膀大腰圆的壮汉，虽然年过五十，但健硕的身体看起来也就三十多岁，茂密的黑胡子生长在脸上像是头发长错了地方，他又剃了个光头，更容易让人产生错觉。他摊开了一个黄色的牛皮笔记本，声音极富磁性，他说，贵地历史文化深厚，物华天宝，人杰地灵，刚刚读了这本刊物上小卡佛的小说，真是让我眼前一亮，震惊了我，这不就是我日思夜想、梦寐以求的好小说吗？报告给诸位一个好消息，这就是我要找的，这真是我此次来贵地最大最重要的收获，这本内刊上小卡佛的三篇小说我们《××》杂志全部采用了，回去就发头条，重点推介。会场里响起了极其热烈的掌声，赵主席拍得尤其起劲，起到了很好的带头作用。

讲话的间隙，孙主编拿起泡着枸杞的保温杯往嘴里灌了几口水，他接着说，这次到来让我大开眼界，深深地被赵主席惜才爱才的精神所感动。我可以毫不夸张地说，九〇后小说家小卡佛是个天才小说家，是百年难得一遇的奇才，堪比莫言、余华、阎连科。贵地的其他优秀作者也要多支持我们杂志，把你们最宝贵的稿子赐给我，我们一定会认真拜读的。这次的掌声更加热烈，一家伙蹿到了会议室外的走廊里，经久不息。

听到孙主编的讲话张初心的心里猛然一紧，他想起了在车库里扔着的那个蛇皮袋，里面放着几篇手稿。他赶紧给老婆发微信问那个蛇皮袋子还在不在，他怕老婆有眼不识金镶玉给扔进垃圾桶里了，那几篇手稿可是宝贝哦，他的额头上冒出了汗。好在老婆最近忙着跟一个省里来的仁波切练习灵修，没有空注意那个蛇皮袋，他悬着的心这才放了下来，长长地舒了一口气。他又想起两年前小卡佛曾经往他邮箱里投过几篇小说稿，他根本没有看，至今还在邮箱里放着，说不定那几篇还没有发表出来，那就成他的了，喜上加喜，让他的心里美滋滋的。他一抬头发现王文化的一双贼眼正在盯着他，他赶紧收了表情怕被那个老东西给看破了。

轮到王文化发言，他摘掉了眼镜，说他从一开始就非常看好小卡佛这个年轻作者，他曾经多次举荐过他的小说，具体举荐过哪些他吞吞吐吐闪烁其词，众人心有灵犀都明白了这货葫芦里卖的啥药。他说那天是他最先发现了死在花池里的小卡佛，他急忙发朋友圈通知文友这才引发了轰动效应，他说这些不是居功，而是出自他对年轻作者的一片爱才之心。他的讲话十分感人，连他自己都感动哭了，一边讲述一边抹泪，说他当时看到死去的优秀小说家小卡佛时他悲痛得心脏病发作差点儿死了。

王文化的发言启发了张初心，他一开始发言就亮明观点，说是他最先发掘出已故九〇后天才小说家小卡佛的，他是小卡佛最早的小说读者，他是小卡佛的好兄长和文学上的引路人，他亲眼见证了小卡佛一路的成长。他说想必大家都读过市文联公众号上那篇十万加的爆款文章了，是他蹲在小卡佛尸体边忍着悲痛写出来的。赵主席此时插话，说是在他的指导下，张初心立马检讨，忙说，我错了我错了，差点儿忘记赵主席英明果断的指导了。众人哈哈大笑，极大地活跃了会场气氛。

<h2 style="text-align:center">五</h2>

　　会场休息，有人忙着去上厕所，有人忙着去增进友谊，张初心坐在位置上眼睛寻找着杨小蛮。突然发现衣着暴露的杨小蛮正像是一只小猫一样蹭在孙主编身上，和他勾肩搭背、把手言欢，原来精通周易的孙主编正把玩着小蛮娇小的嫩手看姻缘呢。张初心一阵厌恶，心里骂道：这个喜新厌旧的小婊子，下次在床上非得狠狠折磨死她，以报今日戴绿帽子之耻辱。想到日后的报仇雪耻他心里才好受了一点儿，便扭头看起了人群，想找找有没有顺眼的美女好加个微信，提前培养下感情以备不时之需。他发现坐在后边列席会议的一个女记者胸大腰细颇有几分姿色，他很欢喜就径直走过去搭讪，加了美女微信。

　　研讨会继续召开，轮到省里来的嘉宾李主席发言，赵主席介绍道，下面有请著名小说家、散文家、评论家、出版家、书画家、手稿收藏家……刚介绍到"手稿收藏家"这几个字就被人打断了，打断赵主席的不是旁人正是王文化。只见王文化气急败坏地站了起来质问张初心：小卡佛留下的小说手稿呢，是不是被你私吞了？这一突如其来的质问引得众人齐刷刷抬头看向了张初心。张初心可不是吃素的，他立刻反击，是你最先发现小卡佛死掉的，你怎么有脸问我是不是私吞了他的小说手稿？我还正想问你呢，你私吞了他多少小说手稿？两人面红耳赤你一言我一语斗了起来，王文化烈士暮年壮心不已，张初心年轻气盛斗志昂扬。

赵主席拍起了桌子，制止了他们的争斗，他问张初心，有小说手稿这回事儿吗？张初心说，有一篇手稿，大概有三四页，因为怕被坏人盗去一直在他家车库里放着。说到"怕被坏人盗去"这六个字时他故意白了王文化一眼，激得王文化怒发冲冠，只骂张初心含沙射影、血口喷人。赵主席定了调子：小卡佛的小说手稿无比珍贵，是我们市宝贵的非物质文化遗产，它绝不属于任何个人，必须上交到市文联妥善保管。这才平息了两人的争斗。

经过这一番折腾，本来让省里来的嘉宾李主席尴尬无比，但当他听到了那几页小卡佛珍贵的小说手稿时，他眼前放出了一道亮光，尴尬立马烟消云散。他继续发言，省青少年评论家协会愿意为九〇后小说家小卡佛出一套精品小说集，希望可以借用一下他的小说手稿影印在小说集封面上，以飨读者。他看到众人没有反应，又说在座的诸位如果愿意，我们可以合在一起出个××市文学大系。这次反响很热烈，众人纷纷鼓掌表达谢意。

众人纷纷讲述了他们眼中的九〇后天才小说家小卡佛以及他们与小卡佛交往中印象深刻的片段，并对小卡佛的文学成就做出了高度的评价，他们将会在以后的日子里认真地怀念和学习。赵主席做了总结发言，他宣布，我市九〇后小说家小卡佛小说研讨会取得圆满成功。会议室里顿时响起了雷鸣般的掌声。

晚宴开始了。颍河大酒店豪华宴会厅里推杯换盏、觥筹交错，大家洋溢在欢乐喜悦的海洋里。赵主席走上舞台，他要宣布一个大好消息：为了繁荣我市的文学创作，奖励辛勤耕耘的文学创作者，体现企业家的无私奉献精神，以纪念我市九〇后天才小说家小卡佛去世为契机，颍河大酒店的魏总愿意每年出资十万元人民币设立"小卡佛文学奖"，这是我市首个以个人名字命名的文学奖。今晚我们这里名流汇聚，大家趁此机会来推举获奖候选人，我们这个文学奖是非常公平公正的，它不限年龄不限性别，仅限我市的文学创作者……经过一番精心的酝酿，获得提名的王文化和张初心成了"小卡佛文学奖"最有力的竞争者。

王文化蹲在厕所里给市政府办的女婿打电话找外援，但电话一直打不通，急得他满头大汗，只好坐回来拼一条老命准备大战张初心。张初心也没有闲着，他把手机放在桌子底下给家里的老爷子发微信，在此关乎张家荣誉之际，万望爹爹务必速来救场。

　　王文化率先发起进攻，他讽刺张初心是写诗的，而小卡佛是写小说的，张初心不配来争夺"小卡佛文学奖"，但王文化忽略了他自己是写散文的也不配得这个文学奖。张初心发现敌方的漏洞后立马怼了回去，反讽王文化也不配，两人战成了平手。

　　新的一轮交锋又开始了，王文化继续先发制人，他大骂张初心拉帮结派，排挤异己，架空了市文联赵主席的权力，这话刺激了正欲坐山观虎斗的赵主席，他的脸一阵蓝一阵绿。他虽然对爱大放厥词的王文化厌恶至极，但回想起下午开会时张初心说市文联公众号的爆款文章是他一个人写的，竟然忘了提他这个文联主席的悉心指导，还有编发小卡佛的小说小辑专号也是事后才向他汇报，他顿时不高兴起来，心里的天平稍稍倒向了王文化那边。张初心听了，再次迎头反击，说他一贯听从赵主席的领导，王文化是居心叵测、血口喷人，故意挑拨他和赵主席的亲密关系，赵主席明察秋毫绝不要听信王文化这个无耻小人的胡言乱语，张初心摇晃膀子反讥王文化，请大家看看是谁把市作协的刘主席逼迫得常年在家？成天搞一言堂，弄得市作协乌烟瘴气。赵主席一听，觉得张初心说得有理有据，他庆幸自己极富战略定力刚才没有轻易发作，他心里的天平又拨回到了中间。

　　王文化看到两次进攻都没有占到什么便宜，气得一家伙蹦到了餐桌上，疯狗乱咬人，病急乱投医，他张嘴大骂张初心乱搞男女关系。没承想瞎猫碰上了死耗子，张初心心里咯噎了一下，脸红得像是秋天熟透的柿子，他的那些事儿难不成被这个老东西发现了？他扭头看了一眼正和孙主编勾三搭四的杨小蛮，身上的气不打一处来。王文化察觉到张初心愣神了，他自觉占了上风，高兴地甩掉了身上的皮夹克，招呼拥护者痛打落水狗围攻张初心。其实王文化没有一点儿证据，说张初心乱搞男女关系也就是那么随口一说，没想到把对方打蒙了，他在餐桌上手舞足蹈一阵狂喜。张初心赶紧过了一遍电影，觉得他的保密措施很严密，迅速排除掉泄密的可能性，他扯掉了领带，果断反击，指责王文化才是乱搞男女关系的当代西门庆，他把之前流传的关于王文化和几个女作者的艳情故事给抖了出来。比起王文化进攻上的虚无缥缈捕风捉影，张初心的反击时间地点人物事件一应俱全，且细节丰富情节曲折高潮迭起，虽然都是些陈年往事，但是剩饭热热也能吃，大家听得津津有味。王文化又没有占到便宜，但他没有认输，斗争进入了白热化。

王文化跳下了桌子吃糕点补充能量，他绞尽脑汁想抓对方的小辫子。张初心看到了他爹回复的微信：俺孩儿坚持住，恁爹马上就到。张初心松了一口气，眼睛不由自主地瞄向了孙主编和杨小蛮那里，发现位置上空空如也，两人早已经溜出宴会厅回酒店的房间睡觉去了。这对狗男女，他真想跑去捉奸，但眼前的事情愈发紧急，小不忍则乱大谋，他忍住了胸中的怒气。

六

宴会厅里走进来了一位拄着龙头拐杖的老人。

老人的脚步很沉稳，一听就知道是经常在公园里锻炼的，他脸色红润保养得很好，那张红润的脸让人一眼就联想到和张初心的很像，老人曾说孩子像他这是他一生中最大的骄傲，他戴着一顶瓜皮帽，帽檐下的一双小眼睛炯炯有神，他手里的龙头拐杖由千年黑乌木打造而成，色泽柔美，光滑细腻，握着手感极好。

老主席您怎么来了？市文联主席赵铁柱一个箭步迎了上去。

爹！张初心故意装作一脸糊涂的样子，他也一个箭步迎了上去。老人的气场很强，赵铁柱和张初心两人一左一右搀扶着老人，很快老人后面乌泱泱跟了一群人，他们一众把老人请到了上座。

王文化的脸色变了，他孤独地坐在宴会厅的角落里，眼泪吧嗒吧嗒落了下来，掉进了他面前的盘子里，他光秃秃的头顶上长出的几根白头发，在灯光的照射下愈发显得苍白，女婿回过来电话，已无力回天了，他咬咬牙关没有接，用手在桌子底下关掉了手机。

赵主席，不好了，不好了，小卡佛又活了。市文联办公室的珠珠慌里慌张跑了进来，小卡佛并没有死，他是饿昏过去了，闻到了殡仪馆供桌上散发着香甜味道的祭品他又苏醒过来了，正坐在供桌上狼吞虎咽地吃着祭品呢。

"呕"的一声，只见坐在上座的老人张大了嘴，仰躺到贵宾椅上，他手里的龙头拐杖应声落地，发出沉闷而浑浊的响声。张初心哭了起来，一边掐起了老爷子的人中，一边叫救护车。

王文化目瞪口呆，他从角落里跑过来问众人珠珠刚说了什么。众人如一摊死泥，表情木然呆滞。

赵主席大吼一声，拍起了手鼓起了掌，他紧走几步上了台阶抓着话筒说，可喜可贺，我市的九〇后天才小说家小卡佛复活了。他的眼角流下了幸福的泪水。

赵主席，又死了，又死了，小卡佛又死了。珠珠再次慌里慌张地跑进来，她脚下的高跟鞋发生不幸崴断了。小卡佛饿昏了头，一顿狂吃后，从供桌上跌落捂着肚子打了几个滚后又撑死了。

"呕"的一声，坐在贵宾椅上的老人醒了过来，他精神饱满，面色愈发红润，他的手伸向了半空中不停地抓着空气。张初心会意忙把掉在地上的龙头拐杖捡起来递到了老人手里，老人拄在地上发出了威武而有力的响声。

王文化瘫倒在了地上，像是饥饿的菜青虫一样，一会儿呜呜咽咽哭，一会嘻嘻哈哈笑，他不是疯了，而是在装疯，试图以这种方式博取同情，这是他手里的最后一张牌。

赵铁柱再次走上舞台手握着话筒，用铿锵有力的声音念出了第一届"小卡佛文学奖"的获奖名单：主奖获得者张初心奖金五万元，荣誉奖获得者张老主席奖金两万元，顾问奖获得者赵铁柱奖金两万元，特别贡献奖获得者王文化奖金一万元……

生 长 剂

一

可怕的事情发生了。

丁华生发现身高两米一七的儿子近来经常流鼻血。起初他以为是天干物燥的缘故，嘱咐儿子多喝点儿绿豆汤就好了，并没有太放在心上。但儿子的鼻血像是忘记关掉的水龙头，床头的垃圾桶里丢满了血淋淋的纸巾。直到去了省人民医院，医生在仪器里看到儿子鼻腔内的几根毛细血管竟然同时破了，如同农田里正在滴灌的地下水网，鼻子里的血液就是这样渗出来的。

在医院止住了血后回到家，儿子平躺在特制的超级大床上浑身难受，不时发出病兽一般的呻吟。妻子不停地从噩梦中惊醒，守着儿子哭哭啼啼。儿子体温升高，出了很多虚汗，床单半夜能拧出水来。

两天后，儿子的身体出现了严重的萎缩和早衰迹象。身高缩到了一米九九，体重降到了六十三公斤，青涩的脸上出现了男人四十岁以后才会有的皱纹，说话的声音也显得苍老，扒开发梢仔细看会看到白发从发根处蔓延开来。

丁华生心急如焚。

儿子想从大床上起来，从医院回来后，他已经有五天没有去颍川县体育场打篮球了。十八岁的儿子身材高大，爱打篮球，两年前曾经邀请美国篮球明星来县体育场打过一场比赛，在颍川县轰动一时。丁华生对儿子说，你得好好休息，先在家里走走，等过一段儿时间再出门。丁华生和妻子悄悄把家里的镜子都遮掩了起来，不让儿子看到。

客厅里发出一阵趿拉地的声音，儿子的脚套在已经不合脚的鞋子里，就像是没有装满的水箱在路上晃荡。

妻子在卧室里抹眼泪，埋怨似的对着丁华生，要他赶紧想想办法。

丁华生的儿子天赋异禀，出生那天更是天降异象，当时空中连打了几个炸雷，几条闪电幻化成金龙在丁华生家的屋顶上空时隐时现，儿子出生半个月就学会了叫爸爸妈妈，丁华生至今还记得当时和妻子眼泪纵横的场景。当其他同龄的小朋友话还说不流利时，两岁半的儿子已经把四书五经背得滚瓜烂熟，儿子尤其喜欢学英语，再复杂的单词一听就能记住。四岁那年暑假，他和妻子带着儿子去北京上辅导班，他们在天安门广场上遇到了一个美国人，抱在丁华生怀里的儿子和那个美国人用英语对话。儿子的口语里不时吐出极其复杂冷僻的高级词汇，那是一位来自美国常春藤大学的知名教授，儿子超乎异常的才华震惊了他，引得美国教授不住地惊叹。丁华生一家也因此和那位美国教授结下了不解之缘，儿子十一岁那年高中一毕业，就在那位教授的邀请下去了美国，如今儿子已经念到名校的建筑学博士。

丁华生曾用名丁花生，是个六〇后，生于颍川县的农村，初中毕业后没有考上高中，他下学后不爱种地也不去打工，反倒痴迷上了医学，自己在家里捣鼓药物，被人看作是不务正业的人。他十八岁那年结识了一个游街串巷的土郎中，当时农村牲口多，土郎中的主要业务是给牲口治病，充当着兽医的角色。他自称从土郎中那里得了真传，在乡下开始给牲畜治病，但生意惨淡，因为治死了一头怀孕的母牛，一度导致其在村里待不下去。九十年代初，丁华生独自一人来到县里开了个华生诊所，成了较早的个体户，后来他又花钱上了两年成人医专，弄了一纸大专文凭，诊所逐渐步入了正轨。后来丁华生从在农村给牲口看病的实践中悟出了给人看病的道理，他据此解决了不少棘手的疑难杂症，这令他在颍川县周边获得了一些名气，不少患者慕名而来，但真正让他出名的还是他那出类拔萃的儿子。

二

生命早衰、身体萎缩以后，儿子一连几天嗜睡，刚醒几分钟就又睡着了。看着躺在大床上，日渐消瘦、衰老的儿子，丁华生的眼角滴落了几滴泪珠，发觉妻子正悄悄地从身后走来，他赶紧戴上金丝边眼镜，隐藏了泪水。儿子可能正在做梦，丁华生做了一个"嘘"的手势，示意妻子不要出声。

儿子闭合着的眼角处生出了皱纹，苍老正在一步步侵占儿子的身体。儿子睁开了眼睛，眼神里带着浓重的哀伤和迷茫，看到爸爸妈妈都站在床头，儿子竟一时发不出声来，这一阵沉默，时间好像过去了很久。儿子用右手揉揉眼，然后坐了起来，他的动作是如此迟缓，以至于真的就像是六十岁的老人。儿子对这种变化并非浑然不觉，但儿子没有表现出来，他也许是在隐藏，不过这样也好。

丁华生和妻子左右两边搀扶着儿子下了床，儿子现在身高一米八四，原本比丁华生高半个身子，如今只比他高了半头。儿子似乎又发现了什么，他的神情里有着一丝疑惑，可很快这丝疑惑就消失了，就像是墨水流进了黑夜，儿子的眼神里留下了无边无际的空洞。

斜阳透过落地窗照进了客厅。扶儿子坐到沙发上后，丁华生寸步不离，妻子去厨房取来了儿子爱吃的牛排和烤红薯，牛排儿子一直吃八分熟的，考虑到儿子可能牙口不好，丁华生事先特意交代妻子做成七分熟，比往常嫩。儿子右手颤颤巍巍地握住刀，左手拿住叉子，刀在盘子里划拉了几下，牛排依旧完好无损，丁华生从儿子手中接过刀叉，油光锃亮的刀面映过儿子的脸庞，儿子的目光停顿了一下。丁华生将盘子里的牛排切成了长条形的小块，用叉子叉起一块送到儿子嘴边，儿子双唇张开的一刹那，他看到了儿子老化的牙齿，有一颗最里面的槽牙不知道什么时候已经脱落，留下了一个空隙，儿子对此一无所知，一天后丁华生在儿子的床头发现了这颗牙齿。

牛排在送进儿子嘴里的那一刻起丁华生就后悔了。

因为儿子嚼不动了。

那是一副吃力的表情，包含着莫名的痛苦和焦虑。儿子勉强嚼了几口，实在嚼不动，牛排在儿子的口腔里停留着，就像是尸体停放在太平间里。丁华生看到儿子的喉结动了几下，儿子把咀嚼不开的牛排囫囵个儿吞咽了下去。妻子紧张地端来一杯牛奶，喂儿子喝下去。也许是喝得太猛，儿子老化的肠胃一时接受不了，正在丁华生剥开烤红薯的皮时，儿子"哇"一声，将喝进去的牛奶全吐了出来。乳白色的液体喷洒在红薯泥上，喷洒在紫檀木方桌上，喷洒在丁华生颤抖的双手上，那片完整的牛排贴在红薯上，就像是一片创可贴，试图覆盖住伤痛。

妻子忙放下勺子，端来垃圾桶去拍儿子的后背。丁华生像是一个木偶，呆立着。儿子又吐了一会儿，那是一种极其痛苦的表情，鼻涕和眼泪沾满了脸颊，妻子用湿巾擦了好几遍才擦干净，直到吐出了黄褐色的胆汁才结束了呕吐。这一阵消耗了儿子太多的能量，他气喘吁吁地靠在沙发上，妻子将其揽入怀中。可怜的孩子啊，妻子的心剧痛无比。他把红薯放在托盘里，搀扶起儿子，他发现沙发上湿乎乎臭烘烘的。

儿子大小便失禁了。他看着对此浑然不知的儿子，还是坚强地搀扶起来，和妻子把儿子扶到大床上。如今这大床显得过于大，儿子蜷缩着的身体躺在上面，留下了太多的空白。儿子很快睡着了。他和妻子给儿子换了干净的衣物，又用酒精擦拭了儿子的身体。

三

从儿子出现流鼻血的症状，仅仅过去了两周，却仿佛过去了半年，时间变得漫长而恍惚。

妻子拉着丁华生走出房间，妻子对丁华生说，要不要把真实情况告诉儿子？丁华生沉思片刻，他摇了摇头。他觉得还有办法，也许儿子在第二天一大早醒来就好了。

儿子是天才，因此没有在幼儿园里浪费时间，三岁那年直接上了小学二年级，六岁那年跳级，以全校第一名的成绩考上了县第一初中，仅仅上到初二就又以全县第一的成绩考上了县重点高中。三年后高考，本可以考上国内的任何一所名校，但最终夫妻两人选择了送儿子去美国读建筑学。儿子取得了常春藤名校里的高额奖学金。儿子生活俭朴，奖学金花不完就给爸妈在县里买了大别墅，刚去了美国最著名的建筑设计公司实习。

儿子从小就听话懂事，很有教养，从不惹别人生气，总是善解人意，经常帮助别人。儿子的青春期比起同龄人来得早了三四年，从九岁起就开始迅速发育，长到十一岁出国前身高就达到了两米，儿子成绩极其优异，学什么都是一看就会，是那么出类拔萃。在送儿子出国那天，儿子哭了，丁华生看着儿子过安检时的背影，有一种说不出的感觉。儿子在美国学习的几年，身高长到了两米一七，儿子取得的辉煌成绩更是丁华生夫妻至高无上的骄傲。

极速衰老途中的儿子食欲严重下降，吃不进硬食物，妻子就用嘴嚼碎了喂儿子。起初还好，但仅仅过了两天，就吃一口吐一口。儿子的嘴巴紧闭着，任凭食物在嘴边流淌，就是不往嘴里进。

儿子的身体愈发萎缩消瘦，精神也比之前萎靡不振。丁华生打开了医药箱，取出一瓶生理盐水和一瓶葡萄糖，拿出针管，要为儿子挂吊瓶。儿子从小到大没有生过什么病，一直健健康康的，妻子是医学生出身，嫁给他又开着诊所，对扎针得心应手，但是这次丁华生没有让妻子给儿子扎，而是他亲自拉起了儿子的右臂。儿子右臂上的几块老年斑如同贴上去的狗皮膏药十分刺眼，小臂上的皮肤已经松弛，干瘪的静脉沿着纹路静躺着，暮气沉沉。丁华生一连扎了七下，竟然没有扎上，他简直不敢相信刚刚消失在眼前的记忆，但儿子小臂上的七个针眼证实这是真的。站在一旁的妻子接过来针头，丁华生止住了妻子，他从医药箱里取出了更细一号的针头换上，夫妻两人又费力地扎了十几下，儿子的手臂上针眼密布。儿子的静脉血管已经萎缩，如同在土地上晒干的蚯蚓，最后，丁华生从儿子的脚上扎了进去。

一瓶葡萄糖和一瓶生理盐水缓缓注进体内，儿子突然有了好转，精神焕发起来，夫妻两人高兴异常，抱着儿子泪流满面。儿子的身体不再急速衰老萎缩，好像又年轻了一些。丁华生心里想，只要能阻止儿子急速衰老萎缩，即使打一辈子的葡萄糖和生理盐水也值得。夫妻两人仿佛找到了灵丹妙药，家庭的气氛一下子从阴云密布中走出来了。

但这只是暂时的，是衰老打了一个盹。

妻子炖了鸡汤，鸡子是纯正的农家散养鸡，特意从老家买来的。鸡汤端到了儿子床边，夫妻两人轮流来喂儿子，儿子勉强喝了两口，就再也不喝了，是太烫了吗？妻子用嘴吹散热气，她先尝了一口后，再一次用小汤勺送到儿子嘴边，儿子怎么也不张开嘴了。怕儿子再吐，妻子没有勉强。儿子不吃，丁华生和妻子吃起来顿时索然无味。两人垂头丧气地各自喝了半碗。儿子坐在大床上嚷嚷，要吃棒棒糖，其苍老的发音有些含糊不清，带着某种类似孩子气的哭腔。

家里多少年没有吃过棒棒糖了，丁华生急忙下楼去附近的购物中心买，走时丁华生突然看到儿子眼里发出了一道凶恶的红光，吓了他一跳。妻子在家里安抚儿子。他刚走到超市，妻子的手机打过来了，要他赶紧回来。他拿了一把棒棒糖，付了款，急急忙忙跑回家里。一进门，就看到客厅里乱作一团，一对放在架子上的神垕钧瓷花瓶碎了一地，妻子满脸是血，趴在客厅的地上。

丁华生刚出去一会儿，儿子就疯了似的，乱跑乱跳，她拉不住，摔在了客厅的碎花瓶上，她头痛欲裂，差点儿昏迷过去，儿子不知道跑到哪里去了。丁华生给妻子做了包扎，然后找起了儿子，找了半天发现儿子蜷缩在衣帽间的柜子里，身体瑟瑟发抖，柜子里屎尿横流。儿子的身体又萎缩了，不到一米六，看起来更瘦小也更加衰老，像是一个七十多岁的老人，头发全部白了，乱哄哄地贴在头皮上。他拉出了儿子，儿子像是犯了错的人，佝偻着身子，不敢直视他的眼睛。儿子的脚底板在流血，血液很黏稠，但儿子好像浑然不知。是一片花瓶碎片扎进了儿子的脚底板。他把儿子抱到客厅的沙发上，儿子体重很轻，他抱在手里就像是抱着一堆气球。他用钳子为儿子取出了花瓶碎片，拿着棉签为儿子消毒，儿子眼角的余光撇到了掉在地上的棒棒糖，口水顺着嘴角流了下来，变成了丝线。丁华生把一根棒棒糖给了儿子，儿子含在嘴里，口水又流了出来。丁华生想为儿子擦擦口水，儿子的头左右转动，不配合了。

妻子从卧室走到客厅，儿子像是发疯了似的从沙发上跳下来推妻子。"啪"，丁华生打了儿子一巴掌，儿子这么大以来，这是他第一次打儿子，打得很重，儿子嘴里的棒棒糖飞了出去，撞在了客厅的墙上，飞出去的还有儿子的几颗发黑钙化了的牙齿。儿子的嘴微微张开，露出了牙齿断裂后的空隙，血液顺着嘴角流了出来，哭声很晚才从喉咙里飘出来。

四

儿子的脸也破了，那松弛的皮肤，布满了衰老的斑点。一巴掌下去，儿子的身体摔落在了沙发上，发出了"咯吱"的声响，像是几根骨头断掉了。

妻子拉住丁华生，不让他打儿子。然后妻子悄悄在他耳边说，儿子是不是傻了？丁华生也感觉到了。妻子用英语问儿子：你有什么事情？儿子就像是听不懂英语了。丁华生急忙翻箱倒柜找出了一套儿子的高考试卷，让儿子做，儿子拿着试卷，一会儿翻过来，一会儿翻过去，就是不看试卷上的字，黑色的碳素笔竟然也拿反了。夫妻两人傻了眼，呆呆地坐在沙发上，儿子也呆呆地坐在沙发上，眼角倾斜，不时盯着打落在墙角的那根棒棒糖。

丁华生捡起一个未开封的棒棒糖，剥掉了塑料纸塞进儿子的嘴里，儿子嘿嘿一笑，再一次露出了残缺不全的牙齿。

夫妻两人把儿子扯进屋里，放到大床上，盖上了薄被子，儿子很快睡着了，两人走出卧室。收拾客厅凌乱的地面时，丁华生发现了几颗黑乎乎的东西，是儿子打掉的牙齿，他小心翼翼地用纸巾包了起来，然后又打开了，他叫来妻子，两人聚在灯光下，他用拇指和食指捏着一颗牙齿，光线透过无数细小的缝隙，丁华生轻轻用了一下力，黑色的牙齿碎成了粉末。他不敢松开两指，但他的那只手颤颤的，接着是剧烈地抖动，粉末散落在了地上。

　　眼前的一切超出了夫妻两人的想象，以至于他们都不知道该如何表达这种复杂的感情。

　　夜深后，丁华生打开了笔记本电脑，和妻子一起搜索相关信息，想从网络的海洋里寻找出蛛丝马迹，但他们一无所获，失望极了。妻子抱着丁华生说，也许是在做梦，睡一觉明天醒来可能就会好的。妻子安慰起了他，但他知道，明早醒来儿子只会更加衰老。

　　丁华生到了后半夜才睡着，醒来发觉已经是日上三竿了，光线透过窗帘照在屋子里，他看到妻子躺在旁边，正在熟睡之中。他本不想打扰妻子，但妻子还是醒了。妻子刚四十，比他小十六岁，是他上成人医专时认识的医学院的女学生，四十岁的女人正是别有风韵的年龄，但短短半个月，妻子脸上已经布满了憔悴的神色。想想自从儿子急速衰老以来，两人忙得晕头转向，诊所已经半个月没有开门。妻子起了床，去做早餐，丁华生去看儿子。

　　去了儿子卧室，他看到儿子还没有睡醒。他拉开盖在儿子身上的薄被子，屎尿味扑面而来，他捏住鼻子给儿子清理了床铺，发现儿子的身体已经缩成了一米四，体重不到三十公斤，空留一个骨头架了，从背影看上去如同一个十岁的孩子。儿子的鼻子变得又瘦又小，干巴巴的，血管捆扎后，虽然止住了血，但同时也失去了血色。儿子睁开了眼，陌生地看着他。妻子走进来，她哭出了声，儿子不认识他们了。

　　丁华生和妻子吃了早餐，儿子吃不进去，只好又费了九牛二虎之力给儿子注射了小含量的葡萄糖和生理盐水，儿子才有了一点儿精神，但儿子眼神里的那种亮光没有了，暗暗淡淡的。丁华生再次给儿子做了检查，儿子的生理指标大概已经衰老到了八十多岁，活不了多久，儿子就要死了，想到这里，丁华生心里泛起一阵伤痛。

当夫妻两人在卧室里商量对策时，儿子走出了卧室，迈着苍老的步伐穿过客厅。他站在门口停顿了一会儿，之后他裹上了挂在门口的白大褂，白大褂是妻子的，儿子把白大褂围在身上，头也塞了进去，只露出两只光脚。儿子打开了门，干干瘦瘦的躯体走进了电梯。儿子没有走大门，而是从栏杆的缝隙里钻了出去，来到了熙熙攘攘的大街上，他那特异的装束引起了路人的关注。儿子苍白的头发就像是突然长长的，有十来厘米，稀疏凌乱地粘在头皮上。他穿过了几条大街，又走过了几条小巷，枯瘦的脚底板磨成了黑紫色，那是血和灰尘的混合物，他在走的过程中依旧在萎缩衰老，白大褂变得太大了，坠到了地上，就像是拖地裙。

丁华生发现儿子不见了，客厅的门虚掩着，但他和妻子还是把家里的每一个角落都找遍了。

儿子出去了。

他们在小区里里外外找了个遍，之后从小区的监控里看到了儿子裹着白大褂的身影进了电梯，儿子出电梯时还对电梯里的摄像头眨了眨眼，儿子沿着小区里的一条小路向围栏走去，之后便消失在了围栏处。

　　怕儿子回来家里没人，妻子在家留守，丁华生穿行在大街小巷寻找儿子的踪迹。

　　很快就有路人提供了线索，说看到一只裹着白大褂的像是瘦猴子一样的动物出现在颖川县体育场附近，时间大概是三十分钟前，丁华生急忙打车去了县体育场。儿子确实去过县体育场，他在篮球场外抓着铁丝网看了一会儿几个年轻人打篮球，眼神怅然若失，他在路边捡起了一个矿泉水瓶子，瓶子里有小半瓶水，他喝了几口，夹在腋窝里走出了体育场，在大街上漫游。儿子小便失禁了两次，大白褂洇湿了两次，暑热天气，尿液很快蒸发掉了。时间到了下午五点，儿子走到了颖川县高中的大门口，他停下了脚步，门口一个戴帽子的保安看到了他，大声驱赶他，他并没有离开，这时一辆白色小轿车过来了，保安打开了遥控门，儿子跟在小轿车后面走进了校园。校园很大，这是儿子之前就读的学校，进门不久一张悬挂的尚未褪色的大照片就是他，作为励志的榜样，儿子已经被学校长久铭记。儿子走到了教学楼，沿着楼梯口上了二楼，在一间教室外的走廊里徘徊。里面刚开始上课，是暑假补课班的晚自习，儿子的身高不到一米一了，踮着脚才能看到教室里的学生和老师，第五排坐着的一个女生他认识，那是他的小学同学，今年十八岁，如今刚刚步入高三，再过十个月就该高考了，一个女老师坐在讲台上，聚精会神地批改作业，没有人注意到他已经走进了教室里，沿着课桌走向了那位小学女同学。

　　儿子的突然出现，吓了那位女同学一跳。儿子站在课桌旁，身高和课桌差不多高，呆呆地看着他的小学女同学，课桌上堆积如山的书籍被受惊吓的女同学在慌乱中推倒，教室里顿时乱作一团。儿子被两个大胆的男生抓住胳膊和腿，在这个过程中儿子的白大褂剥落，露出了赤裸衰老的身体。

　　他是一个缩小版的老人。有女生说。

　　确实如此。一些人附和道。

　　儿子被关进了一间小型办公室里，等候处理。但儿子从门缝里钻了出去，离开了学校。此时大街上的路灯已经陆陆续续点亮，照出了儿子衰老瘦小的影子，他老化的身体，变得走不了几步就累得颤颤巍巍，他的胃很难受，他蹲在了一只垃圾桶旁边，开始呕吐，吐出了一摊子黄色的液体。

五

　　丁华生紧赶慢赶，追寻着儿子的足迹。他们相距并不是太远，甚至一度擦肩而过，那是丁华生找到学校门口时，儿子刚从大门的缝隙里爬出来，两人都没有看到灯影里的对方。丁华生跟着老师同学打开了办公室的门，发现儿子已经走了，地上只留下了一摊尿液。他通过监控看到儿子从大门里爬出来，同时他也看到了自己站在门口的身影，只相差几步之遥，儿子沿着街道向东走去，儿子变得更加虚弱，走起路来无精打采。

丁华生出了校门口，沿着大街走了不到五分钟就看到了蹲在垃圾桶边呕吐的儿子，他蹲下去抓住了儿子，用右手轻轻拍儿子的后背，儿子没有看他，吐着吐着就直接睡着了，他顾不得擦干净儿子嘴角的黏液就抱起了儿子。儿子像是一个六七岁的孩子。他给妻子打了电话，妻子开车来接他。回到了家，他把儿子放在大床上，又帮儿子擦拭了身体，在儿子的胳膊上安装了儿童智能手表，手表可以定位，防止儿子再次走失。儿子睡得很熟，口水从布满褶皱的嘴唇边流出来。他和妻子仔细检查了客厅的门，关闭得很严实，这才去了卧室。

夜又深了。

记得儿子七岁那年，身高已经一米四七，一顿饭能吃一只大烧鸡，一口气能喝掉一大罐可乐。那时儿子已经会背诵一万首古诗，认识《牛津高阶英汉双解词典》上所有的单词，得了全国青少年奥林匹克数学竞赛一等奖，登上了五岳之首的泰山山顶……想到这些，丁华生又是一把鼻涕一把泪。

凌晨两点零三分，丁华生从床上猛然惊醒，他拉起妻子，然后又去照看儿子，儿子身高约有七十厘米，体重不到十五公斤，看上去就像是一只风干的大婴儿，儿子的下颚长出了几根白色的毛茸茸的胡须，脸上的老年斑愈发重，他包裹起了熟睡中的儿子，和妻子一块出了远门。

他不想就此放弃，他要去给儿子看病，哪怕走遍万水千山。但丁华生并不知道到底哪个医院能治疗，那就去省人民医院，他和妻子给儿子挂了急诊。这真是一例奇怪的病，这里无药可治，他们又辗转去了首都，也许首都的医院能行，结果还是失望。

在首都的一家医院门口，妻子求丁华生不要再徒劳了，儿子是治不好的，带儿子回去好不好？丁华生抱着襁褓里的儿子，他的眼睛盯着妻子，他突然觉得妻子很陌生，妻子的眼角生出了皱纹，脸色也很差，丁华生不知道该对妻子说些什么好，但他的眼神里泄了一股气，人瞬间衰老了二十岁。最终妻子头也不回地走了，留下他和怀里的儿子呆立在医院门口来来往往的人潮中。

这几天儿子的呼吸变得困难，气息经常断断续续。丁华生抱着儿子，也不再去医院治病，而是去了天安门。十四年前，他和妻子带着儿子来北京上辅导班，在这里遇到了那个外国教授，儿子的才华震惊了教授。他突然想到了外国教授，忙拿出手机拨打越洋电话，电话通了。你好！教授在电话里打招呼，丁华生却急得呜呜咽咽，一句话都说不出来，他抬起头，一手抱着儿子，一手拿着手机，四下里寻找，寻找会说英语的人，但他像是疯了一样，满脸泪水，吓得别人都躲开了，电话早已经断线了，他跑累后，抱着儿子蹲在了地上。

丁华生从北京回来的火车上一下来，就是满头白发了。他的眼神黯淡无光，怀里塞着一个包裹，看起来鼓鼓囊囊的。

儿子是几个小时前在火车上离开的。离开前，儿子突然睁开了眼，注视着丁华生，儿子那时彻底成了一个婴儿，一个极度衰老的婴儿，三十二厘米长，一点九公斤重，老掉的皮肤包着钙化的骨头。儿子动了动枯树枝一样的小手，向丁华生伸过去，丁华生发现了，他立刻握住了那只小手，儿子的嘴唇在微微颤抖，像是一条快要渴死的鱼，那双嘴唇试了很多次总算张开了一条缝，但什么都没有说出来。之后，儿子的眼角落下了一滴泪，闭上了眼睛，停止了心跳和呼吸。

丁华生一直抓着那只逐渐冰冷的小手。

他包裹着僵硬的儿子，朝着颍川县老家走去，这里离老家还有四十公里，他一路上不吃也不喝，却在经过一家熟食店时，给儿子买了一个热鸡腿，塞进了包裹里。

回到了家里，丁华生把儿子放到了那张大床上，他从床底下拉出来一个透明的玻璃容器，里面装着半尺深的墨绿色液体，就像是培养皿一样。他往里面灌注了一瓶又一瓶的葡萄糖和一瓶又一瓶的生理盐水，他把这些混合液称之为生长剂，之后他把儿子放了进去，生长剂浸没住了儿子的躯体，不时冒出几个小泡泡，上升后破裂掉了。

人们终将离开我的世界

又该过年了。我突然产生了莫名的悲伤。

在我的世界里，已经有那么多的生命，在短短二十多年的时间里，流星般划过我的生活。我想另一个世界的他们了，我也想起了我自己。

小姑奶奶

我一去姥娘家就生病，一回家见到邻居太奶奶和小姑奶奶，病就好了。我在家时，老是往太奶奶屋里跑，太奶奶和小姑奶奶让我吃这吃那的，比我妈待我还亲。

秋季一开始，我妈就追着要我去上学。学校就在我们队后面，离我家不远，我妈还给我领了新书，里面姹紫嫣红的，还有一群大白鹅。我问我妈我上的是几年级，我妈说我上的是育红班。

那天一大早，我拿着新书就跑进了太奶奶屋里，太奶奶正坐在草席上缠脚，一圈一圈的布绫把脚缠得像是春天的竹笋。

太奶奶是五十多岁才嫁给邻居老太爷的。他们老两口住在我家院子的前面，他们的土房子面朝北，我们家的房子面朝南，我一出门就能看到他们家。

他们拾了个别人遗弃在荒山上的婴儿，也就是我小姑奶奶。

小姑奶奶总是穿着红棉袄儿，扎着两条大长辫子，长着一双水汪汪的大眼睛。体弱多病的她总是领着我玩。

我拿着新发的书来，太奶奶还在缠脚，一圈一圈地缠着。突然外面在响动，我一转身，跑到院子里，是爸爸和老太爷套着牛车回来了。老黄牛无精打采的，鼻子叹着气，嘴里在倒沫。

我爸和老太爷是套着牛车去城里给小姑奶奶看病去了。前几天我去了姥娘家，可长时间都没有见到小姑奶奶了。我高兴得"小姑奶奶，小姑奶奶"地叫着，就朝架子车上裹着被子的小姑奶奶跑去，看她有没有给我捎带什么好东西。我刚跑到小姑奶奶被子前，还没有掀开小姑奶奶的被子，我爸就一下子把我给推向了一边。我没有料到他会这样，我猛地后退了两步还没有站稳，又踩住了脚上穿的小姑奶奶给我新买的凉鞋带子上，凉鞋带子折了，我一屁股蹲到地上，手里的新书也给摁到了泥上脏兮兮的。我正要张嘴大哭，站在门口的太奶奶却先哭开了。

她不是哭，是号啕，时而呜呜咽咽，声音沙哑难听，像是鸿雁的哀鸣。她张大了嘴巴，拉长了腔调，"闺女呀——闺女呀——我哩好闺女啊——"

"闺女呀——闺女呀——我哩好闺女啊——"太奶奶站的门闸板离架子车只有几步远，她却走不动了，秃噜到了地上号啕起来，呜呜咽咽起来。

太奶奶这么一号啕，一呜呜咽咽，我不敢哭了。

太奶奶这么哭，妈妈也从屋里跑出来，我赶紧从地上起来。伯伯和老太爷揽着秃噜到地上的太奶奶，爸爸把裹着小姑奶奶的被子又给蒙严实了些。妈妈去揽扶太奶奶，伯伯腾出手来，和爸爸一人抬着一头，把被子里包着的小姑奶奶给抬进了太奶奶屋的床上。

我打了打屁股上的土，就赶紧又跑进了太奶奶屋里。太奶奶被我妈揽扶到了我们家院子里。

我看了看床上被子里蒙的那个人。屋子里静悄悄的，伯伯叫我穿上地上的那只凉鞋，我就跑了出去。

爸爸把那根断了的带子用烙铁给粘上了，可穿起来总是磨脚，把我的脚都磨流血了。

大人们都在我们家院子里，我又一个人偷偷跑进了太奶奶屋里，小姑奶奶的被子上面又加了一层白布，我揭开了小姑奶奶的被子。

被子下面是我小姑奶奶。

小姑奶奶从小就有肺病，一出生的时候就被遗弃在了荒山上，是年过六十的太奶奶把她给抱回来的，这一养活就是十七八年。可小姑奶奶的病情时好时坏，一直看不好，这次病重死在了城里的医院。

小姑奶奶闭着眼睛就像是睡着了似的，还是那么好看。她纤细白皙的脖子上还戴着我给她做的玻璃珠子项链，只是她脸色有点儿苍白，我叫她小姑奶奶她也不答应了。

我摸了一下她瘦弱的左手，像是冰块一样凉。我的手摁过的地方成了一个坑，没有平起来。

我又叫她，她还是不答应。我赶紧跑了出去。

太奶奶的号啕、呜呜咽咽从我们家院子里传出来，我跑回我们家院子去看太奶奶。

太奶奶在我们家院子里像是在对小姑奶奶说："闺女啊，闺女啊，我哩好闺女啊，你咋不跟娘活啊，我哩老天爷啊，闺女你走了可叫娘咋活嘞。"

那段日子家里都忙着到底该怎么给小姑奶奶办丧事，没有人顾着管我。我的脸上长了好几个黑星星。

在一个很黑很黑的夜里，小姑奶奶被悄悄地抬进了坟地里。那是一个很小很小的坑，有四尺四寸深，小姑奶奶被安放了进去，一锨土，一锨土，把安静睡着的小姑奶奶埋进了黑暗的泥土里。

那一年是1994年秋天，我四岁。小姑奶奶的坟头很小，像是她流星般陨落的生命，那么的不起眼。第二年的春天，小姑奶奶的坟头上盛开了一种淡黄色的小花，妈妈说那是小姑奶奶变成花，又活了。

小静

育红班下学期开学不久，春姑娘领着穿着花衣的小燕子回到了阔别已久的大地，整个世界顷刻间染成红的绿的。这个时候我认识了一个比我大五六岁的女孩子。

她住在六队，我家住在七队，六队的地在七队西边。一天，我在家门口见到她挎个大篮子，她的篮子里装得满满的，都是青草。

我家的邻居太奶奶和老太爷也喂的有牛和羊，我就也想去薅些青草回来喂。

我就大着胆子问她，你明天下地薅草还从这儿经过吗？她说是，还对我笑。我问她叫什么，她说她叫小静。她问了俺妈我叫什么，俺妈给她说我叫奇高。她就挎着篮子走了。

第二天吃过了早饭，她就在我们家院子外面叫我了，我妈给我找了个用塑料绳子编制的提篮，我飞也似的跑了出去。我妈又在后面撵着对我说别装太满了，你别挎不动喽。

我和小静相伴着去了西地。小静是他们家老四，她上面有三个姐姐，下面还有个弟弟。她的爸爸是兽医，但也给人看病。

她的右眼像是一个黑黑的乌梅，看起来挺吓人的，不过我一点儿都不怕。

我们到了西地，麦子绿油油的，到了我脖子那么高，我一蹲下来麦子就没住了我，小静一蹲下来也能没住她。我们俩都坐到了麦地里。风吹麦浪，麦子高低起伏，像是大海。

小静问我上几年级，我说我上育红班。她又问我在学校里都学些啥，我说学的有拼音，a、o、e，还学的有加减法，一加一等于二，二加二等于四……

我问小静，你咋不上学嘞？她说她爸妈不让她上，让她在家下地干活哩。我说，你的眼咋啦？她说是小时候让海青家的骡子给踢住了，就成这嘞。

哦，疼不疼啊？我问。她说早些疼现在不疼了。

我们俩在麦地里薅着又长又壮的野菇苗、细细翠翠的芨芨草、成片的马齿苋。小静说她知道一种坑麦，长在坑里边，薅出来也能喂羊。我就跟着她去薅坑麦。

坑麦其实就是浇地的时候被水冲散了土的麦苗，露着麦根，一薅就薅出来了。

我问她，这种麦子人家叫薅吗？

她说叫薅，这也是草。

我们俩的篮子都装满了，可是我挎不动我的提篮，我太小了，还不到五岁。小静一个胳膊挎着她的篮子，一只手帮我拉着提篮的一根带子，我用双手拉着另一根带子。

回到家，羊和牛看到了青草，疯了似的欢喜。妈妈把篮子里的草一半扔给了拴在白椿树上的羊，一半扔给了拴在洋槐树上的牛，羊和牛大口大口地咀嚼着，连头都不抬。我说我饿了，我妈就给我卷了个糖馍。

后来我才知道，小静一生下来右眼就像乌梅一样，那时她家已经生了三个女孩子了，计划生育抓得紧，她爸妈就把她送了人。过了四年，她爸妈又生了个男孩子，又把她给要了回来。她在家里的地位连猪狗都比不上。

有一次我去她家里看病，在她家里见到了她，她妈让她喂猪，她连和我说话都顾不上。她睡的床是一块木板支的，家里什么脏活累活都让她干。

我上初一的时候，听说她嫁给了一个瘸子，她先是生了一个女儿。听说她丈夫对她挺好的，要给她治好眼睛。

最后一次听说她就是在2008年冬天了，她生第二胎时大出血，孩子和大人只能保住一个，那是一个男孩，她劝丈夫选择保住孩子，最终孩子是保住了，可她却……

漂亮的女老师

那个年轻漂亮的女老师只教了我半年。期末的时候学生们都在疯传说她怀孕了，我也发现了她的肚子鼓了起来。有一天，我对她说，老师你怀孕了吗？她羞红了脸，摸着我的头说我这么小就懂这么多。我感觉受到了鼓励，就小声对漂亮的女老师说我想听听你的肚子。女老师笑了，说，听我肚子干啥嘞？我也笑了，说我想听老师肚子里的小妹妹说话。

你怎么知道我肚子里的是小妹妹？女老师问。

　　我回答说，老师好看，当然也要生个好看的小妹妹啦。

　　放学了，漂亮的女老师叫我帮她拿书。我跟着她回她住的地方。她挺着大肚子真的要我趴上去听，我站着不敢动。

　　漂亮的女老师有些生气地说，你不是要听我肚子里的小妹妹说话吗，要你听了你怎么又不听了？

　　我用左耳朵轻轻地贴了上去，女老师的肚子很软很热，还有一股好闻的气味。我说我听到了小妹妹的呼吸声，小妹妹在你肚子里睡觉呢。漂亮的女老师很开心，夸我又聪明又可爱，还给我拿了水果让我吃。

　　漂亮的女老师问我，你很喜欢小妹妹啊？我说，我肯定喜欢啊。

　　漂亮的女老师又羞红了脸说，你这么小就喜欢小妹妹啊。我自己也不好意思起来。

　　漂亮的女老师在嘴唇上抹口红，我在认真地看着她抹。也给你抹一下吧。我吓得赶紧捂住嘴巴，说我不要抹太红了，好吓人啊，抹了会把人给吓跑的。漂亮的女老师"咯咯咯"地笑了起来。

　　育红班放假后，我就再也没有见到过她，听说她真的生了一个漂亮的小妹妹，她们在一次回家的路上出了车祸……

　　漂亮的女老师姓吴，叫吴雨晴。漂亮的小妹妹叫小鸽子，很早就飞走了。

太奶奶

我只知道太奶奶姓李，这是太奶奶生前告诉我的。

太奶奶年轻的时候嫁到了我们村子北边的山王村，可嫁过去没有几年她的丈夫就病死了。直到太奶奶给她夫家的公婆养老送终后，太奶奶才改嫁给了我的邻居老太爷。那时太奶奶都快六十了，无儿无女。

太奶奶和老太爷住在南屋，南屋有三间房，最中间是灶火屋，做饭用的；东边是太奶奶的床，和灶火屋之间隔了一层用高粱秆子扎的围子；西边是老太爷住的牲口屋，里面喂的有牛有羊，灶火屋和牲口屋中间隔着一面厚实到发黄的土墙。

小姑奶奶走后，太奶奶精神一度低迷，丢东忘西的。我问我妈太奶奶怎么啦，妈妈说闺女没了伤心呗，他们老两口老了谁养活他们。我说等我长大了我养活他们。

1995年春天，遂林爷家出树，在我们家院里拴了一根绳子牵引住树怕倒了砸住房子，太奶奶从后地拉了一根树枝慢慢悠悠地经过院子，树枝绊住了绳子，太奶奶摔了个仰八叉。

伯伯和遂林爷把太奶奶抬到了南屋。

她走不成了，胯骨断了。她怕连累老太爷，说什么也不让给她看病。

过了半年，太奶奶能坐在玉米秆编的蒲团上，俩手按住地，一下一下地搁地上挪。

　　隔壁东边的老太爷叫新亮，他在平顶山做卖菜的生意，娶了个安徽的老婆，1995年秋天，新亮老太爷领着怀孕的老婆回来了。我跟着太奶奶，太奶奶一点一点从屋里往外面挪动，到了外面，我听到了隔壁生孩子的哭声。

　　我问太奶奶，生孩子是谁生的？

　　太奶奶说，生孩子是女人生的。

　　我又问太奶奶，在哪里生的？

　　太奶奶说，是从女人肚子里生的。

　　我非常吃惊，突然想起来漂亮女老师的大肚子，她嫁到城里去了，不会再教我了，但我一直很为她肚子里的孩子担心，因为我想不通小妹妹怎么才能从她的肚子里出来呢，要是出不来小妹妹待在肚子里面该有多着急啊！

　　大年三十，妈妈在包饺子，我也想试试，就忙着擀面皮，可我擀的面皮不是太小就是太大。我就又忙着包饺子，可我包的饺子奇形怪状的，我被我妈从厨房给轰了出来。我转眼就跑到了太奶奶屋里。

　　太奶奶和老太爷也在包饺子，我就想再尝试一下。我又是给老太爷擀面皮，又是给太奶奶包饺子，老太爷和太奶奶还夸我呢，说我擀得好包得也好。可我手都没洗，就可住劲包。太奶奶屋里的煤油灯快熬干了，一闪一闪的，老太爷就剜了一小块肥猪油给抿了上去，灯焰就又亮了起来。我在太奶奶屋里忙前忙后的，总算是找到了用武之地。我妈在我们院喊我说饺子快好了，我想起我爸说饺子好了得赶紧放炮，我就丢下了未竟的事业跑回去了。

最终我自己包的饺子我一个也没吃。

过了年以后，太奶奶得了病。

一天大半夜老太爷敲门，说他听见太奶奶在屋里叫他哩，我们都跑到太奶奶屋里。太奶奶在床上躺着没有一点儿动静，我们都又去睡了。过了一会儿，老太爷又敲门，说太奶奶又在屋里叫他哩，我们跑过去看，太奶奶还在睡着。我们等了一会儿，又去睡了。

第二天一大早我听说太奶奶走了，我就赶紧跑过去看太奶奶，可我妈拉着我不让我去跟前。我远远看到太奶奶蜷缩着身体，头朝着里边的墙，帽子歪掉了半拉，苍白凌乱的头发露出了半截。

邻居石头爷来给太奶奶洗身子，穿上了寿衣。伯伯和爸爸找人打了口棺，把太奶奶装了进去。在小姑奶奶的坟旁边打了个墓坑，请了一班子响器吹吹打打把太奶奶的棺抬进了墓地里。我打着红灯笼，给太奶奶照路。老太爷没有去坟地，坐在家哭哩。

太奶奶死后，老太爷总是说晚上太奶奶又回来拉着他的手说叫他也去哩。

王小欢

我上小学一年级时，老师换成了嫁到我们村的崔萍。

上了一年育红班，熟悉了学校的环境，我就跟着邻居家的孩子田金龙疯玩起来。

田金龙比我大，但他学习不行，成了留级生，更会玩了。我跟着他，他会叠四角，我不会，他说他给我叠一个让我给他双倍的纸张做交换，我就把算术课本撕了大半叠了四角。又和他在地上摔四角，把四角都输完了。我爸看到了我撕剩下的课本就狠狠打了我一顿。

崔老师要我们背课文，谁不会背就站到墙后头不让回家。我和田金龙都不会背，直到我爸来学校找我才把我领回了家。田金龙他爸没有来领他，他就跟着我爸后头偷偷溜走了。

小学一年级我成绩太差，留级了，又换成了本村冯老师教我们。

田向阳也升到了一年级，我们又在一个班了。因为我是留级生很少有人敢欺负我，我就保护起田向阳了。

一个叫王小飞的男生总是欺负田向阳，田向阳虽然胖，但他很笨，无奈，只能任凭王小飞欺负他。我看见了就和王小飞打了起来，替田向阳上拳。

王小飞是王小欢她叔家的孩子，王小欢我认识，她比我大三岁，她爸爸领着她去我们家借过粮食。

看到王小欢来劝架，我就放了王小飞一马。

过了几天，王小欢要我去她家玩，遇到了王小飞，他叫我，老丁，你咋来了？我回应叫他老王，我们竟然玩熟了。他说领着我们进他家的瓜地摘西瓜，还没到瓜地，他就垂头丧气地告诉我们，他爸正在瓜地呢，摘不了瓜，我们三个就回去了。

又过了没几天，王小欢高兴地说她家里有个小西瓜，她要请我和工小飞去吃。我和王小飞高兴地去了她家。那个瓜很小，王小欢切成了四牙儿，两牙儿给了我，另外两牙儿给了王小飞。我把一牙儿西瓜的肉啃完后，剩下的皮要扔，她说你别扔，我最好吃瓜皮了。我就把瓜皮给了她，她接过瓜皮轻轻咬了一小口含在嘴里。她说，真好吃真好吃，瓜皮真好吃。为了讨好王小欢，王小飞也要把瓜皮给她，她却不要。她只要我的。

俺伯给了我五毛钱，为了回报王小欢的西瓜，我问她你想要啥，我给你买。她说她手腕上系的五色线断了，想买新的五色线。那时候刚好快到端午节了，大家都在买五色线，往胳膊上系。我就到学校门口的小卖部给她买了五绺线，一绺一种颜色。她高兴地说真好看，给我也系五色线。

端午节那天，王小欢给我系上了五色线，我们俩一个手腕上一个，伸出胳膊放在一起。

我说我小姑奶奶以前也给我做过五色线，我还给小姑奶奶做过玻璃珠子项链呢。王小欢说，她以前的五色线是她小时候妈妈给她做的。

她的妈妈在她还没有上学的时候跟人跑了，剩下了她和哥哥跟着她爸过。

我跟她说，我太奶奶屋里还有一幅女娲娘娘的画，在屋里挂着，可像你了。她说，是真的吗？我也想去见见她。我说，是真的，以后咱俩一起去看。王小飞见到我俩戴着一样的五色线就说，好啊，姐，你喜欢老丁啊，你们俩刚好凑一对。

有一天王小欢问我，女的里头你最喜欢谁？我说我最喜欢小姑奶奶、太奶奶，还有那个年轻漂亮的女老师。她说你喜欢的怎么那么多。我问她男的里头你最喜欢谁，她说她就喜欢一个人。我问是谁呀？她说我不说，你知道。

我们家在学校南边，王小欢家在学校后边，可她总是绕一大圈把我送回家了她才回家。我领着她去看女娲娘娘的画，她说她长得真好看，她能摸一下她不？我说能。

二年级开学的时候，王小欢没有来上课，我见到王小飞一问才知道，王小欢她哥偷东西被人抓住送进了派出所，她爸爸不让她上学了。我去找她，她真的不上学了。

有一回我放学了，她在学校门口等我，我们俩一起回了我家。我老太爷说，等我长大了要我娶她呢。小欢说我不会娶她的，她的腿瘸了。我说腿瘸了才好看呢。她说才不好看呐。

我上小学四年级的时候她爸爸把她嫁给了黑龙庙村一个三十多岁的男人，她才十四岁，离我老太爷说让我娶她仅仅过去了两年。后来她爸病死了，借我家的粮食也没有还上。听说后来她得了怪病死了。

都怪我都怪我，我真后悔，没有说我会娶她的。

我现在还记得她给我系五色线时的样子。

俺俩再也不能去太奶奶屋里看女娲娘娘画了。再也不能够了。

　　我只能看着她给我的五色线，想她。也只能在吃西瓜的时候想起她，也只能想她和想起她的时候，去太奶奶屋看墙上挂着的那幅大眼睛的女娲娘娘画，一个人孤独地把伤心的泪水化作满眼相思的雨。

田向阳

　　我给田向阳说，我表伯家开的有造纸厂，他就想和我去换胶布。

　　但我们俩实在是太傻了，换胶布是要拿着旧书去的，我们俩空着手就去了。

　　我领着他最终连造纸厂的门都没有找到，只好失落地走回来。他又走不快，我得走一会儿，等他一会儿。

　　那是小学一年级的时候，那时他还能走路。

　　到了后来，他胖得走也走不成了，只能待在家里。

　　他姐田旭阳给他买了本《十万个为什么》，我一去找他，他就让我看。

　　他越来越胖，他爸和他妈两个人才能搀着他上厕所。

　　我上初一的时候，回到家听邻居们都在议论向阳烧死了。他爸妈出去干活，他一个人躺在大靠椅上看电视，大冬天的，他爸妈怕他冻着，把煤球火放在他椅子前让他烤火。

　　等到他爸妈回来的时候，他已经趴在煤球火上烧得不成样子了。

他被草草地葬到了荒郊野外，一个没有人知道的地方。

新亮

新亮是我家的东邻居，我喊他老太爷。

他年轻时候因为在生产队里"犯错误"外逃到平顶山，以贩菜为生。从我记事起，每年他都会回来几趟，给我们送些稀罕蔬菜，洋葱是我最深刻的记忆。

他坐在我们家院子里。秋风吹过，白椿树叶落下。他眯着眼睛，有声有色地说着曹操有八十一万人马嗒嗒一匹嗒嗒一匹……嗒嗒一匹。

后来他领着安徽的老婆小薇回来了，还在家里生了个男孩子叫钢蛋，然后又去了平顶山。

我们都知道他在外面挣了很多钱。

突然有一天，他们家门前停了一辆三轮摩托车，小薇领着两个男孩从里面下来，里面颤颤巍巍地下来一个满脸胡子拉碴的老头，正是新亮老太爷。才几年不见，他竟然苍老得不成样子了。

小薇说他得了脑血栓，人家在平顶山借他的钱也不还他了，他们一家也不在平顶山住了。

他们家北屋塌了，实在住不成只好在院子里盖了个简易石棉瓦棚，东屋收拾了一下还勉强能住。小薇十天半个月就跑出去给村上的光棍带回个媳妇。

她说，她钢蛋在平顶山给人家掭尿罐一个一块钱，她第二胎生了个双胞胎送人了一个。

一天，新亮老太爷裤子掉着晃晃悠悠到门上，把一群大姑娘小媳妇吓得忙跑回家了。

又一天早上，他家屋子里冒起了烟气，他把冒着烟的被子衣服正往屋外面拉。他病了，但手里还不离烟，颤颤巍巍地吸，失火了。

俺姑奶回来串亲戚，见了新亮，对他说，钱没有了还可以挣，把身体养好。新亮呵呵地哭了起来，鼻涕眼泪一大把。

又一天，小薇跑俺家说新亮死了。石头爷胆子大，进他屋里一看，出来后，把五根手指撮住嘴，一撅，说，新亮真不中了。

新亮因为和他二哥，也就是东边大兵他爷家吵过架，他们两家不怎么说话。新亮生病后回来两年多，人家都不来看他。

毕竟，新亮是大兵他爷的亲弟弟，他们家出面打了口棺材把新亮老太爷给埋了。出殡那天，我站在外面看，我爸是打头抬棺的，整个棺材最重的位置。

新亮老太爷死了没多久，小薇就带着两个孩子改嫁到了刘坡一个光棍家，很快就生了个女儿。

我生命里那个说着"曹操八十一万人马嗒嗒一匹嗒嗒一匹"的说书人再也不见了，他委屈抑或荣耀的平顶山传说永远成了秘密。

老太爷

2001年的春天，老太爷病了。老太爷叫丁铁成，生于1919年。

俺伯从造纸厂回来赶三月初八的庙会，老太爷坐在院子里说他不舒坦。今年开春，他把羊皮袄脱得太早，身上一感觉冷就晚了。

俺伯就领着他去岗马卫生院看病。

过了两天，老太爷的病情大为好转，俺爸和俺伯就把老太爷拉到小李庄俺舅爷家打吊针，那里近。俺舅爷说他有好药，不用岗马卫生院开的药方，打了三天后俺老太爷的病情迅速恶化，连床都下不了了。

过了十来天后，老太爷吃不下去东西了。我给他端了一碗稀饭，他都喝不下去，我叫他放床头，他一下洒了一床。

牛槽上的老黄牛干瞪着眼，杠子上拴着的老羊咩咩地叫。

病了二十多天，老太爷突然坐起来说，叫我给他穿鞋，说俺太奶奶和小姑奶奶在叫他哩。我说在哪里叫你哩，他说在院子里叫他哩。我刚给他穿了鞋，他又说想喝稀饭哩，我赶紧给他端了一碗饭，老太爷喝了好几口。

俺伯说老太爷这是回光返照。

刚过晌午，老太爷精神低迷起来。

我趴在老太爷耳朵边说，老太爷你可不敢死啊，俺爸没有钱，你的棺材还没有打哩。

老太爷眼角的眼泪吧嗒吧嗒落下来。老黄牛立在牛槽上哞哞地仰天长啸。

俺伯过来，老太爷说，他的寿衣在太奶奶屋柜子里搁着哩。说时他头上的火车头帽子颤抖了几下。

老太爷直到最后都不迷，脑子一直都是清醒的，可他说话非常困难了，只能呜呜呀呀的。

四月初八那天早上，俺妈一开门就看见一只苍蝇。到了傍晚，俺伯还没进门，在院子里就说俺老太爷不中了，老了。

在老太爷的葬礼上，俺妈痛哭流涕，她想起了她死去的父亲，她没能去送他最后一程。

老太爷和太奶奶合葬在了一起，他们旁边是小姑奶奶。

姥爷

姥爷死了。

姥爷得糖尿病好几年了，妈妈总是隔三岔五跑去给姥爷洗衣服，姥娘腿脚有病，走路一摇一晃。

姥娘和妗子敌对好多年，她们俩谁也不和谁说话。

姥爷后来又得了老年痴呆，连人都记不得了。

我去姥娘家，姥爷都问我是谁。我说我是奇高。他说，哦，奇高，来收电费哩。

我再次和妈妈去姥娘家，姥爷又问我是谁。我说我是奇高。他说，哦，奇高，哪个奇高？

记得我小时候那几年，俺家地里活多，爸妈老是顾不上干，姥爷就一个人天不明扛着锄下到俺家地里锄地，不吭不哈，锄到大清早再扛着锄回家。到了傍晚，姥爷又扛着锄下到俺家地里锄地，锄到昏天黑地了再扛着锄回家。

姥爷五七的时候，我去给姥爷上坟，妈妈、大姨和三姨都哭得一塌糊涂。我突然发现自己失去了什么，我再也没有姥爷了。我哭了，哭得很伤心。

石头爷

冬天过去，春天来了，温暖的阳光也来了。

石头爷快去世了。

他孤零零地躺在床上。屋外的瓦上还滴着水滴，滴答滴答，仿佛时间的沙漏，仿佛生命的时钟。

我乘着从开封回许昌的火车，踏着春雨清洗过的路面走进村庄。村庄越来越大，出现在我的世界里。

石头爷得的是肝癌，晚期。邻居表姑奶说，他盘了一锅饺子馅，但三天只吃了两个饺子。

前年秋天的时候，玉米正在地里疯狂地生长，收获的季节即将到来，石头爷拿着二百块钱来俺家，说作为我上大学去的路费，他为有我这样的孙子而骄傲。他是五保户，他把他五保户发的钱给了我。

五保户一月才发不到八十块钱。

　　因此每次回来我都给他带些东西，爸爸也给他干了很多活。

　　石头爷孤苦一生，无儿无女。

　　我坐在他的床前，他说他活不成了，眼泪滚落。他说他才七十六岁。

　　他说他家的坟地只进他一个人了，从此那块坟地就断了续，再也不会进人了。

　　我说石头爷你放心吧，俺老太爷老了这么多年，俺爸每年都给他上坟，俺太奶奶老了这么多年，俺爸每年都给她上坟，小姑奶奶死了这么多年，每年我都会想起小姑奶奶。

　　石头爷哭了，他说，恁太奶奶老的时候，别人都不敢去，是我去的。屋里可黑，她的头蜷缩在床头靠着墙，我摸着她，给她穿了寿衣。

　　往事如烟，人都有这么一天。

　　我爸给石头爷办了葬礼，还请了一班响器，吹吹打打地送走了一个孤独寂寞的灵魂。

　　村子里马上要修路了。我和爸爸在石头爷的坟前烧了纸，我爸念叨说，你的三间破瓦房过了年修路就要扒了，也是为村子里做好事，今年最后一年还给你在门上贴上新春联，蓝颜色的，你老人家也过个好年啊。奇高，恁爷活着亲你，给恁石头爷磕个头。

　　坟头上插着红灯笼，如果想家了，他一定可以找到回家的路，即使将来破旧的土房子不存在了。

尾声

日子一天天过去。

春雨似乎比往常多了一点，进入二月，就开始下，谁知道这一下就难收住脚。村庄被一层层不见边的细雨给洗刷了，山峦、大田、树木、房屋都焕然一新。无边无际的清澈，向着四面延伸开去，一直蜿蜒出村庄，到那些逐渐长出新绿的坟地，浸入那些曾经美好现在却无法触及的深处。

到了冬天，白雪覆盖住了村庄，同时也把坟地覆盖住了。等到残雪化尽，封存的记忆再次生长，那些曾经的人和事就会不断地浮现。

记忆中的坟地终究会越来越低越来越小，岁月中的爱恨情仇日渐淡化。

我想起了他们就如同想起我自己。

（原载《莽原》2015年第3期）

乌有之乡的幻境

一

这很奇怪，不是吗？

经过千山万水的跋涉终于到了传说中的乌有之乡，斑驳的城墙闪着寒冷的光，延伸到看不见的远方，乌云从城门上头快速流过，像是飞过一群褐色的鸟。我身上的汗一下子冷了起来，贴着皮肤滑动，在打了几个冷战后缓缓坠落。

那城门高大威猛，蹲在地上生出一种难以言喻的庄重。门外是漫无边际的荒漠，荒无人烟，寸草不生。我的心情颇有些小激动，因为我竟像骆驼一样来到了这里，我悄悄地在心里写下了"这是前无古人后无来者的惊世之举"几个大字。

乌黑色的门锈迹斑斑、纹丝不动。可我一点儿都不着急，我敬畏地伸手摸了一下，坚硬、冰凉，像是触到了一块寒铁。

冷汗消失殆尽后，我感到了从未有过的平静。夕阳西沉，我长长的影子贴在门缝上，像是被夹扁了似的。我朝大门里喊了一声：“喂，有人吗？”

我的声音成了荒漠肚子里的食物，被吃掉了。

天色将晚，这里空无一人。荒漠的脸冷冰冰的，像是谁欠了它钱。兴奋劲过后，我突然有了那想法，就径直走到墙根下放水。不知道这里多久没有下过雨了，干燥的沙土颗粒滚滚而起，混合着熟悉的尿味，这些天把我累的呀，哈哈，上火了。

城门的四周缓缓陷入了黑暗。无尿一身轻，我提好了裤子，神清气爽，围着城门转来转去，沙砾在我的脚下发出咯吱咯吱的笑声，身上渐渐又出了热汗，星星月亮出来了，雾蒙蒙的。

脚下踩出了一条由脚印折叠而成的路。当走到放水的地方时，羞耻感突然上来了，我想起自己受过九年义务教育，惭愧惭愧。没有过多停留，走时我用脚踢了一下沙子，想把那摊痕迹给遮盖住，溅起来的沙子却眯了眼睛，呼呼的冷气流从我的耳边吹过，挺吓人的。我一手扶墙向城门走去，一手揉眼睛。一睁眼刚好摸到了门缝上，我闭上了右眼，把左眼贴近门缝向城内看去，里面雾蒙蒙的什么也看不清，除了没有人，也没有狗叫声。

城门打不开，这我可怎么进去呢？“芝麻开门！”我大叫一声，事实证明这个口令在这里行不通。月光照着我，我的影子射到了门缝上，我动影子也动，我往前继续走，影子的一部分就钻进了门缝里，又走，影子几乎全部进到了门缝里。我闭上了眼睛，深吸了一口气，继续往前走，又听到了脚下沙子发出咯吱咯吱的笑声。好像有个什么东西在我脸上亲了一口，湿湿凉凉的，我开始摸，也许想摸什么东西，可是什么都没有摸到。当我睁开眼时，不可思议的事情发生了，我已在城内。

城门在我身后，月光从门缝里射进来铺成了一道窄窄的路。我沿着月光走，走了不知多久，月光铺成的路突然消失了，我像是从某种思维漫游中苏醒，我回头望去，城门黑压压的像是一座山。

我走累了，又饥又冷。晨昏线从我的身上滑过，西方渐渐白了起来，是鱼肚白——太阳快该上班了，脚下的沙子在缓缓流动，我回望时已经看不到城门了，大概走了很远。

我又走了一会儿，天空已是一片白，流动的浮云，吹过的微风。

这里到处弥漫着沙砾，孤寂无处躲藏，大摇大摆地四处游走，毫无羞耻感，荒凉的味道在热力作用下慢慢升腾，席卷着荒漠枯燥的毛发，好在哪儿呢？简直不敢相信自己的眼睛，但我还抱有希望，并没有让失望的洪水淹没绝望的庄稼。太阳悬挂到了半空中，刺得睁不开眼睛，想找个遮阴避阳的地方都没有，焦急的心怦怦怦地跳，嗓子眼开始冒烟，流出的汗水遁入无形的空气中，沙子反射着太阳光，仿佛夜里无数颗星星。

我找到一片流动的沙丘，在背风坡挖了一个洞后悄悄钻了进去，只露出一个脑袋。我向四周望去，什么也没有望见。

沙坑里凉凉的，像是一个冰箱，冻得下半身直哆嗦，而上半身却热得厉害，放点儿油和盐，过会儿就能吃了。我把衣服蒙到了头上，累了这么久，我就这么大睡起来，显得高端大气，我没有打呼噜，好多男人女人都打呼噜，真是拿他们没有办法。

我醒了，精神很好，这里像是成了我的家园，我有些依依不舍。沙丘在我睡着时从我身上踩踏了过去，现在我是在迎风坡，耳朵里灌进了沙子，头发里也有。真是侥幸啊，流动的沙丘将我吞噬后又把我呕吐了出来，我还活着哪。如果我想骑马，就可以坐到流动沙丘上去，让它驮着我走，这真是一个奇妙的想法呀！我被自己吓了一跳。我饿了，身上没有食物和水，绝望的沙坑包裹着我，我想抽身，却突然发现下半身没有知觉了。太阳依旧半悬在天空中，好在我的下半身只是冻僵了，在阳光的炙烤下，冰冻的血管渐渐融化，发出解冻的声音，红细胞、白细胞和血小板从冰冻中苏醒，我站了起来，蹦了几蹦，用手掐了掐红彤彤的小腿肚，高兴得大喊大叫。

二

远方是一堆高大的石头，像是武士一般直立着，围成了一个环形石头阵——终于发现了不一样的东西，悄悄向环形石头阵地走去，我屏住了呼吸，像是一只偷腥的猫。

　　沙子很软，一脚下去就陷进去了半尺，因此我走得很艰难，鞋子里钻进了沙子，摩擦得有些痒，我弯下腰把鞋子里的沙子倒出来，一颗沙子被我的脚给压扁后粘在了鞋子里，我用手小心翼翼把它给捏了出来，放到鼻子上闻了闻，竟然很好闻，像是棉花糖一样的味道，用舌头舔了一下，很甜，我便整个把它含在了嘴里，非常奇妙，比和小白姐姐亲嘴时还特别。当我从意淫的幻想中醒来，却发现了令人吃惊的环形石头阵。

　　环形石头阵由十二根高高的六棱柱组成，十二根六棱柱依次排开分布，围成一个封闭且开放的环形空间，每个六棱柱朝里的是一面光滑的巨型石镜，互相反射着刺眼的光条，六棱柱顶部悬下来一根巨大的发着黑色寒光的金属链条，十二根金属链条像是一张巨型蜘蛛网，而网的中点锁着的是一位头发凌乱的年轻姑娘，她像是巨型蜘蛛网上捕获的一只猎物，坠在离地面十二尺的地方。

　　她的两只手、两只脚各被三条金属链条锁着，金属链条仿佛长到了她的肉里，我想她一定被锁了很久，她面朝下，闭着眼睛，身体呈大字形张开。她身上穿着破烂的衣服，但身材很好，和小白姐姐一样好，奶很大，在重力的作用下悬垂，把破烂的衣服撑得鼓鼓胀胀。我猜测也许是她的奶太大了才把衣服撑烂的，风化只是次要因素罢了，这能骗得了别人，但骗不了我。她的身体曲线迷人至极，我在这荒漠里跋涉了这么久，好不容易见到一只尤物，我知道我这次到乌有之乡没有白来。

我的身体开始热血沸腾，那地方竟然有了想法，我羞红了脸，觉得我不能对不起小白姐姐，可对眼前的巫姑娘，又不能见死不救，如果我把这小美人救了，她怎么着也得以身相许吧？我们倒可以在这乌有之乡结为连理，过上出双人对的好日子。事实上，你知道吗？我已经忍受不了太多的寂寞了。她的皮肤很白，身上破烂的衣服呈炭黑色，这倒衬托得她更白了。她低垂着头，脸埋在头发里，我离她还有点儿远，看不清她的长相，但第六感告诉我，她绝对是小美人。没想到癞蛤蟆吃了天鹅肉，她落我手里了，可看样子她不会已经死了吧？

等到我走到六棱石柱跟前时，我竟又吓出一身冷汗——她的身体下面是一堆暗红色的火，从地里冒出来，火焰炙烤着她的身体，六棱石柱有镜子那一面映出了地火炙烤下她苍白憔悴的脸。镜子里的她的确美如天仙，竟超出了我的预期，我内心狂喜不已。石镜反射的光照射得她像是睡着了一样安静，她胸部微微舒张了一下，她在呼吸，没死，我又是一阵狂喜。

我止步于六棱石柱所围成的环形圆圈前，腿在急速地颤抖，渐渐地我整个身子都在颤抖——我仿佛听到了大地的骨骼活动前的咯吱细响。我高度紧张起来，不知道该干什么，就咽了一口吐沫，才发现是地面在急速地抖动，沙砾像是在过筛子，一个个长了腿一样向环形圈外流动，涨潮一般漫过我的双腿，地面上灰蒙蒙的，生了一层氤氲的气体。我发起呆来，这里面一定有问题，肯定是要发生什么事情了。我往后退了几步，头晕目眩，差一点儿摔倒，那暗红色的火焰继续炙烤着巫姑娘，那火焰堆下竟是一堆堆的白骨，像是劈柴一样燃烧着，但很快我又觉得不对，那暗红色的火焰分明是从地底下冒出来的，火源肯定是在地下，巫姑娘的脖子里渗出了一滴饱满的汗水，慢慢地滚动到了凹陷的乳沟里。

此时，我突然产生了一个奇怪的联想，难道这巫姑娘不是蜘蛛网捕获的猎物，而是一只伪装的吃人的母蜘蛛？哎呀！我还想着救她呢，竟然差点送了小命，失望和恐惧笼罩着全身。

我屏住呼吸，躲藏到六棱石柱后面，悄悄观察着环形空间里的情况。咚咚咚，像是大地的心跳声，那暗红色火焰迅速疯长，升到了十五尺高，整个将巫姑娘围住。火焰灼烧着她，发出刺刺啦啦的声音，周围的温度急剧上升。我发现下边怎么那么热，原来刚刚吓尿了裤子竟然浑然不觉，在高温的炙烤下那里火烧火燎的，受到了尿素的刺激，真难受。

十二根粗大的金属链条开始渐渐收紧，像是烤羊肉串似的，巫姑娘怕是要熟了。我忍不住流下了惋惜的口水。为什么不是泪水？我的眼睛灼烧得太疼，泪水怕是不行了，只好以口水代泪水，略表伤心之情，我把口水抹到眼皮上，痛哭起来，好坚强的小姑娘啊！不知道你为何在此忍受如此不堪的痛苦，我想救你却也不能，看你也不像是吃人的母蜘蛛，我好恨自己，怎么能那么想呢？你一定有什么不幸的遭遇，我们颇有些同病相怜，相见恨晚。

巫姑娘在挣扎身体，她鼓鼓的胸部露了出来，乳沟清晰可见，汗水汇集到乳沟深处流进了乌黑色的衣服里。她好可怜啊，我恨不能撒泡尿把暗红色的地火浇灭，减轻她的痛苦，心里也好受些。我从地上抓起一把沙子用力朝环形空间抛去，我看到它们明明被抛了过去却又消失得无影无踪。我又抓起一把沙子投过去，和之前的情况一模一样，这真是奇怪。不对，如果是闭合的那沙子一定进不去，可我明明看到它们进去了，却又消失不见。

三

她细长白皙的脖颈、清晰可见的锁骨，都勾勒着迷人的骨感诱惑，她抬了一下头，我看到了她比在镜子里看到的还要美，她紧闭着眼睛，脸上充斥着受虐的表情。

我鼓起了勇气，紧靠着石柱，准备坦然面对这一切，无论即将承受什么样的痛苦，我都要勇敢一次，成为一个真正的男人。我平复了一下心情，可呼吸依旧很急促，我本想要回忆一下往事，比如我二十四年来的风风雨雨，比如和小白姐姐的侠骨柔情，可是这些都没有出来，我说算了，想你们的时候你们都不出来，不想你们的时候你们魂牵梦萦，活蹦乱跳，一个个像是小白兔似的。知音难觅，我终于还是要承受着无穷无尽的寂寞。

现在为了这个不曾相识的巫姑娘，好了，英勇就义去吧。

我抚摸着炙热的六棱石柱，眼泪吧嗒吧嗒地滴落。我突然大叫一声："你睁开眼看看我，我是为你死的。"

她还真抬了下头，朝我这里看来。我胆小，就又躲到了六棱石柱后面，心里像是圈养了一只野鹿，在乱撞。我破涕为笑，眼泪烧得我的脸很红，所有的悲伤都一落千丈。我又从六棱石柱后面走了出去，暗红色的地火渐渐缩回了九尺高，金属锁链也松弛了下来，她满身是汗，冒着白气，像是在蒸白面馒头，看得我心惊肉跳。

她渐渐放松下来，身体有些虚弱，她又抬头斜看了我一眼，我怕累着她，就赶紧边跑边说："我换个地方，你不用抬头就能看到我。"我跑到另一个六棱石柱旁边，她果然低着头就能看到我。我边挥手边大叫道："巫姑娘，我在这里，我就是刚才在那个地方的我，刚才你在那个地方看过我的我，你的明白？""你的明白"，这不是鬼子说的话吗，我怎么能说呢？肠子瞬间都悔青了，巫姑娘似乎很痛苦，她不再对我说的话产生任何反应。我心想：你真好看，嫁人了没有？我单身着呢。

天色突然变了起来，像是一根棍子在搅拌，云层成了一杯浓咖啡，气流加速，气压加大，一种压迫感袭来，天色暗下来了。"巫姑娘，刚才那大火烧着你没有？你难受不？你不如也撒泡尿把那堆地火给浇灭了，就不会炰热了，要变天了。"天色继续暗下来，整个空气里躁动不安。

沙子开始向空中悬浮，淹没我的膝盖，又淹没我的腰，我的呼吸极度压抑，眼泪和鼻涕泛滥，世界昏黄一片。

沙子呛得我差点儿窒息，大地的内心却异常沉默，地火不知道什么时候缩成了一尺来高，像是要熄灭了，而她若隐若现。

四

下面，我不知道该干些什么。

是要死了吗？

我有些难过，鼻涕和眼泪肆意横流。乌有之乡竟成了我的倒霉之地，这是我怎么也没有想到的，遭这般罪受。

我近乎绝望地低下了头，二十四年的岁月匆匆流走。

黑暗布满了整个宇宙，我累了，想睡觉，就这么睡过去，化为乌有。我不想若干年后，人们看到我安静时的样子，我还没有结婚还没有生孩子，我想如果小白姐姐在……哎！在又能怎么样，都是喜欢唐僧的轻浮女子，为什么我还要对她们产生不切实际的幻想？一见倾心和见色起意也差不了多少，我嘲笑自己的品位，怎么喜欢这些类型的，只是小白姐姐的奶很大，发育得太好吗？

时间仿佛凝结成了固体，失去了它冷酷残忍的流动性。

巫姑娘发出了微弱的呼吸声，她还活着，我一定要把她救下来，我想担起这个使命，感情的事以后可以慢慢培养。

我不知道这是不是面对恐惧的勇气。天上露出了一点儿白，我起初以为是月亮，但不是月亮。

一把利爪撕裂了黑暗，六棱石柱的镜子发射出刺眼的炫光，也映出了巫姑娘的身影。

地火早已熄灭了，环形空间内冷气聚集，她的全身一点点结成了冰，一层又一层，天空忽明忽暗，她如同冰封在了一口巨型的棺材里。

我流下了眼泪，可眼泪刚一流出来就结成了冰凝固在了眼睛上，我的全身都是刺痛的冷，呼吸微弱，只剩下偶尔的心跳声。

我的身体结了冰，意识慢慢消散，沉入大地熟睡的子宫。

西边的白映照着大地。沙子冻结在大地的脸上，光线进入我的眼睛，意识开始苏醒，像一只冬眠过后的青蛙蹦出了山洞。

但我浑身都不能动，像是一个躯体被冻住的幽灵，周身是白色的冰。

西方的白渐渐变成了红，是日出时的朝霞，像鲜血一样，荒漠宁静，红折射进了我的眼睛，我仿佛感受到了光和热。"咔、咔、咔"，是冰块碎裂的响声。白烟袅袅，轻轻上升，化作了雾，幻影随形，婀娜萌动，像是刚出浴的美人轻舞在柔情脉脉的烟云中，缓缓地散失，静静地流动，西边的红成了醉酒少女的脸颊，炽烈又多情。我周身的冰瞬间解体，碎裂后坠入沙漠，白雾在热烈地蒸腾，幻化成一匹白马，飞入云中，再也没有回来。

环形空间里的冰块还未消融，我向环形空间靠近，西边的红依旧在上升，冰棺材却纹丝不动，她在里面安静地睡着了。死了吗？真是一个小懒虫，咋没有一丁点儿勤快姑娘的味道，也看不出啥贤妻良母的雏形，我在心里暗笑，这笑声刚从我心里发出来，就听到咔嚓一声，冰棺材碎裂了，冰块四下飞溅，遁入了无形，仿佛从未存在过这个时空。

我刚才一直紧闭着眼睛，害怕那巨大的冰块碎裂后会把巫姑娘给整得不完整，她要是和冰棺材一起碎裂了可该怎么办呢？好在她很完整，连衣服都没有多碎一块，要是她左胸的那块布撕裂了该有多好啊，我可以看看她的左胸，看那鼓鼓的丰满的胸部。一大早的，想到这些，难免会有反应，真可恶！她沐浴在晨光中，是美丽的仙子，是乌有之乡的精灵。

五

我吸食着她的美，仿佛置身幻境。

我走到了六棱石柱后面，尿了一泡，全身一阵轻松，又充满了激情。

我跑出来，大喊："巫姑娘，你现在还冷不冷？乌有之乡这地方真是魔幻得不行，都不知道咋回事儿，你真年轻，多大了？我二十四。你咋不吭声，不会没睡醒吧？现在的大姑娘都是晚睡晚起。你的发型很有个性，飘逸自然，有一种原始的冲动。看，给你说了大半天啦，你也没有回应，我先歇一会儿。"

我坐到了沙子上，沙子的温度很高，像是一堆炭火。

她在哭泣，清澈的眼泪像是珍珠落下来，可是没有发出一丁点儿声音，难道她在无声地哭泣？我焦躁的心迅速沉了下来，像是压了一块儿石头，看着这么漂亮的女孩悬垂在半空中泣不成声，我恼恨起自己来。

环形空间带给我巨大的恐惧。我胆小如鼠，只得咬牙切齿直跺脚。

犹豫了很久，我决定尝试进入，我伸出左手，缓缓地摸向环形空间的边界，突然我像是摸到了一片硫酸，腐蚀着手指，我下意识地抽回了右手，一股电流从身上穿过，我的手上粘了一层乳白色的黏液，像是精子的气味，腥腥涩涩的。

环形空间内发出咻、咻、咻的声音，锁着她的十二根金属锁链上长满了暗红色的藤蔓，像是蛇一样在四处游走，藤蔓越来越长、越来越多，整个将她缠绕起来，无数根暗红色的藤蔓急速地向环形空间外面延伸，我吓得撒腿就跑。这些吸血树藤，能钻进活人的毛细血管里把人的血液一点点儿地吸食掉。几根吸血树藤缠住了我的身体，将我向环形空间拉去。

我拼命挣扎着，可是无济于事，双手在沙子上留下了两行清晰的印记。我扭转了身体，面朝天空，环形空间就在眼前，吸血树藤钻进了我的血管里，全身的血液被吸食。我猛地抱住了身边的六棱石柱，我不想死啊。

这时从环形空间的地面冒出一股股的青烟，青烟散去后是成千上万只噬魂幽灵，白色的脑袋，机械的动作，可怕的牙齿，它们踩着无形天梯，一个挨一个地向她爬去，噬魂幽灵像是泉水一样从地下冒出一波又一波，潮水一般散开。

环形空间像是一个神秘的生态系统，这里存在着无法想象的生物体。

噬魂幽灵撕咬吞噬的却是吸血树藤，嘎吱、嘎吱、咔嚓、咔嚓的声音从它们可怕的牙齿里发出。吸血树藤迅速断裂成了千万截，散落到地面，像是受伤的蚯蚓一样做着痛苦的死亡的抗争，吸血树藤滴出了暗红色的血液，退潮一样散去。

十二根金属锁链还在死死地锁着她，噬魂幽灵走到半空中一口口地把金属锁链给咬断，巫姑娘摇摇欲坠。吸血树藤寄生在六棱石柱和金属锁链里，靠吸血为生。

缠在我身上的三根吸血树藤断裂后干枯掉了，我刚摆脱束缚，而可怕的噬魂幽灵正在一步步地朝我走来，我在劫难逃。

天空开始暗淡下来。

吸血树藤疯狂地反扑，死死缠住无数只噬魂幽灵，将其勒成几段，噬魂幽灵迅速消亡。巫姑娘被一根金属铁链锁着倒挂在离地面很近的地方，她半球状的乳房从衣服里跳出来不停地抖动。地火再次燃起猛地蹿到半空中将吸血树藤烧化，红色的血液滴落在地火上，发出刺啦刺啦的响声，金属链条骤然断裂，她坠入地火中，金属链条也渗出了鲜红的血液，原来金属链条并不是金属，却像是一种神秘的生物。吸血树藤撕开了自己的身体，鲜血如注浇在了地火上面，整个环形空间内红汽蒸腾，吸血树藤只留下了干枯的躯体，地火在发出了一系列痛苦的呻吟声中缓缓熄灭，地面上只留下了她蜷曲的身体。

我仿佛如梦初醒，不敢相信眼前发生的一切。

天色在急剧变暗，空气中又弥漫着不安的躁动，莫不是又要结冰了？我焦急地对倒在地上的巫姑娘小声喊道："你醒醒，你没事儿吧？快醒醒。"可是她没有丝毫反应。

六

冰冻没有来，沙漠风暴来了。

狂沙在空气中飞速地旋转，云层中电闪雷鸣，呜、呜、呜，一个巨型龙卷风漫卷着狂沙从远处走来，我闭上了眼睛，紧紧抱住六棱石柱准备听天由命。

龙卷风从环形空间里经过，卷走残骸，消失在了远方。

又恢复了平静。

我被一根枯死的藤蔓绑在了六棱石柱上，我起初以为是巫姑娘做的呢，心满意足地笑了一声。忽然枯死的藤蔓动了一下，它在吸我的血，把我作为新的寄生体，我赶紧挣脱了身体，把那截枯吸血树藤扔在了沙子上，它在炎热的沙地上剧烈扭动，化作一股烟消亡了。

她不见了，我有些怅然若失，白费了恁些工夫，我想要离开这个可怕的地方。

　　我在破碎的石镜子里发现了巫姑娘的身影，她正被两只巨大的沙漠黑蚂蚁拉着往一个沙漠蚁洞里去。我按照石镜里反射的方位马上找到了巫姑娘，她正在一个六棱石柱下的蚁穴洞口，两只巨型黑蚂蚁正在敲洞门，我跑过去抱起她就跑。

　　无数只黑蚂蚁从洞穴里往外爬，蚁群发生了踩踏事故。

　　夜深了，月亮出来了。

　　沙漠的夜无比的冷。

　　我跑到天明，终于支撑不住，昏倒在沙地上。

　　醒来后还是我一个人，她不见了，终究还是孤独的。

七

　　天空现出五彩斑斓的颜色，在大地上印下流动的身影。

　　她趴在我的面前，柔软秀丽的头发摩挲着我的脸颊，鼓鼓的胸部在我的鼻子上面发出奶水的味道。

　　我的身体失去了知觉，成了一个只存在意识的活死人。

　　我闭上了眼睛，又睁开了眼睛。

　　我说："你没有走啊？"

　　她身体动了一下，用手抚摸我，她感觉出了我还活着，露出了甜美的微笑。

　　她在点头，表示听到了我的话，可马上又摇头，表示她没有走。

　　我的脑海里一片魔幻，真实的事情早已记不清楚。

我说："起不来了，全身软绵绵的，没有一点儿劲。"

她艰难地把我扶了起来，她侧着身子要背我走，可她刚低下身子，我就连带着她一起倒在了沙地上。她又费了很大劲才又把我拉起来，背着我走了没几步，我们又一起倒在了沙地上。

"你自己走吧，别管我了，我不能连累你。"我说。她在急速地摇头，又托着我在沙子上倒着走。

我们走得很艰难，还没有方向感。原来她看不见，也不会说话。

太阳出来了，在天空中不停地转圈，一圈一圈又一圈，转到第四十圈的时候落下了。

月亮出来了，有十二个，围成一个圈挂在天上。沙漠上映出了月亮的倒影，阴晴圆缺各不相同。月亮落的时候是一个个落的。

我们听到了风吹树叶的声音，那是一片植物密集的地方，这么多天我第一次看到了绿，巫姑娘虽然看不见，可我看到她也在开心。

这片植物长得非常奇怪，整棵植物是一根拴着线的氢气球，在空气中左摇右摆。我骗巫姑娘说，这种植物叫气球花，她现出少女特有的活泼，一连摘了好几朵，并把一朵拿到我的面前，塞到了我的手里。可我的手没有一点儿力气，气球花挣脱我的手飘飘摇摇飞上了天空。我告诉巫姑娘，她给我的气球花飞跑了，她脸上现出失落的表情。

我突然产生一个奇妙的灵感，就对巫姑娘说："你多摘些气球花来，束在一起挂到我身上，没准儿我就能像乘热气球一样飞起来，你牵着我走，就能省些力气。"

巫姑娘听了很兴奋，不一会儿就采摘了上百个气球花，扎成几大束挂到我的身上，真的把我给带了起来，离地面有一人多高，我就在后面给巫姑娘指着路，巫姑娘牵着我继续朝前走。

又连着走了很久，没有遇见一棵植物，太阳消失了，星星和月亮也不见了，白天和夜晚也没有了区别。她拉着我继续走，气球花被我们吃掉了一些，现在我离地面越来越近。

沙子是流动的液体，清澈透明，像水。五光十色的沙子闪着美丽的光，各种各样的生物在沙子里游动，我们在这清澈透明的液体里行走，静下心来听，是水声。我问："听到水声了吗？"

她停了下来，回过头来对我点头，表示她也听到了水声，并示意我水声就在我们脚下。我又说："你弯下腰看能不能触摸到水？"她弯下腰，在她手掌的波动下发出了水声，她捧了水，要给我喝，可是水刚离开水面就消失了。

她尝试了好几次都没有帮我取到水。她把水吸到了嘴里，靠近我的嘴巴，她用手触摸我的脸，把她嘴里的水一点点地流到了我的嘴里，那水像是甘泉的味道。

天空和沙漠五彩斑斓，互相交融，又不知走了多久，沙子里的水不见了。

八

　　起风了，黄沙漫天。气球花开始乱转，巫姑娘手忙脚乱，我差一点儿被风吹走。我说："快帮我把身上的气球花弄断。"断了的气球花四飞五散，飘走了。

　　我又坐在沙子上面，她费力地拉着我在沙子上面走。

　　在离我们不远的地方出现了一群人，像是阿拉伯人，他们有男有女，围着头巾，说说笑笑。他们有的牵着一匹马，有的牵着一条狗，有的抱着一只鹅，也有的骑着一只老虎，他们的周围刮着迷沙，他们就在迷沙里面穿行，我无力地看着他们。我说："你见过海市蜃楼吗？"她摇头，我说："我刚才看见了。"她听了我的话，拉着我继续走。我又说："我看见了这些虚幻的景象，你看不见，我们不能去那些虚幻的地方，去了就会死的，它们是虚假的希望。"

　　经过一条干涸的河床时，我发现一条用鱼骨做的帆船，上面的帆已经风化掉了，只剩下光秃秃的桅杆。

　　这条鱼骨有三四米长，我们刚坐上去，就感觉到了船的晃动，像是漂浮在海面上。这里的白天和夜晚依旧没有区别，像是极昼，可是没有太阳，也没有星星和月亮。远方的沙丘像是大海的波浪。风从我们的后面吹来，骨架帆船在沙子里向前移动。

　　不过我产生了一个大胆的想法，便顾不得许多，对巫姑娘说："巫姑娘，你把奶罩脱下来挂到桅杆上做船帆，我们没准儿还能加快航速哩！"

巫姑娘有些害羞，忙捂住了胸部。我说："巫姑娘，别难为情嘛。我看见过你的胸呀，不小啊。"

巫姑娘哭笑不得。

我说："巫姑娘，你转过身去脱，我又不偷看，即使看了我又不能把你怎么样，看我都成了活死人了。"

她转过身去，脱下了奶罩，打了个结后挂在了桅杆上面。帆船果然一下子加快了速度，沙子在船后形成波浪。

我只剩下个裤头还没有烂完。

帆船的速度很快，我们省了很大力气。

渐渐地，船停了下来。巫姑娘又穿上了她的奶罩，把我从骨架帆船上拉了下来。前面是一片黑色的泥沙沼泽，冒着气泡，上升后破裂。

"我们该怎么穿过这片泥沙沼泽呢？如果陷进去我们会死的。"我伤心地对巫姑娘说。

到了泥沙沼泽旁边，巫姑娘把我放下，她试探地摸了一下泥沙沼泽，转过身来对我做出游泳的动作。"你是说我们要游过去吗？"我问。

她摇头。

"哦，你想要洗澡啊，好吧。你会死的。沼泽地里不能洗澡，别傻啦。"我说。

可是她坚持下去洗澡。我这个活死人也管不了。

她脱下了衣服，露出了诱人的身体，可我已经没有什么反应了，除了我的眼睛和嘴巴还能动，连那里也不能动了。不过，作为一个男人，我很认真地欣赏了一下她曼妙的身材。真悲哀，好机会来了竟然不能做真男人了。生不逢时。力不从心。

巫姑娘下到了泥沙沼泽里，洗得如痴如醉。是她托着我游过这片泥沙沼泽的，她像是一条美人鱼。

又经过一棵奇怪的大树，它的身上长满了灯笼，一到晚上灯笼里面就发出亮光，我叫它灯笼花树。我和巫姑娘在树下惬意地栖息了几天，这棵树根下长满了可以吃的红蘑菇，巫姑娘和我吃着，没有毒，非常美味。这里像是世外桃源，可以不劳而获地活下去。

巫姑娘却坚持要离开。

一天夜里，我要她帮我采摘一朵灯笼花，这种花里面闪着夜明珠一样的光，巫姑娘小心翼翼地剥开了一层层花瓣，我大吃一惊，里面是一个小小的灵魂，被囚禁在花瓣里，在痛苦地挣扎。

（原载《文艺风赏》2016年第12期）

天阶夜色凉如水

你孤独地站在寒冷秋风吹拂的夜色里抬着头仰望着天上的月亮，眼里流出的泪水滑落下你的脸庞，慢慢沾湿了你的脖颈。

有人说你病了，可你觉得你没病。你的母亲来劝你，你都不回头，在今夜你走出了千疮百孔阴森凄凉的院子，一个人在凉如水的夜色里浸泡。

母亲端着一只巨型茶缸追了出来，里面黑色的汤药冒着滚滚的热气，熏疼了你刚刚流过泪水的眼睛。

"喝了吧，可怜的孩子。"母亲站在你面前佝偻着单薄的身子祈求。

"不喝。"

"喝吧，喝了你的病就好了。"

"不，这汤药里面有锅底灰，喝了肚子里会长结石。"

母亲劝不住你，就像是好心当作了驴肝肺，只好伤心地抹起了眼泪。

你不忍心让母亲难过，但是你还是忍不住说了，你说小倩刚刚来了，她躲在胡中医的袖口里。

你的母亲愣住了，用布满油污的袖子擦干冷却的眼泪后把脏手放在你的额头上。你现在面黄肌瘦，已经卧床不起好多天了，没有一点儿三年前生龙活虎的样子了，身材也矮了半截。你的母亲把手从你的额头上拿下来，放到她的额头上，迟疑片刻后，又放到了你的额头上，你的母亲仿佛自言自语地说："儿子没有发烧哦，难道病又严重了？净说些什么胡话，哪里有什么小倩呢？"

你今夜突然起来，似乎是回光返照的迹象，你的母亲心里突然咯噔一下。

你看到了母亲的迟疑后，轻轻地叹了一口气，闭上了眼睛，寒冷的秋风刮过你的脸颊，你打了一个冷战。

月光如水，冰凉地滴落在地上，嗒嗒作响。

蛀虫爬动的声音再次传入了你的耳朵。

你捂住双耳痛苦地蹲在地上。

夜幕降临的时刻蛀虫就会准时活动，蛀虫舒展四肢，伸展懒腰，成群结队地啃食树木、庄稼、机器，甚至马路。你最后一次说道，蛀虫出来了、出来了。你的声音极小，小到一说出口连你自己都听不到。

一只蛀虫钻进了你的鞋子里，津津有味地啃咬着你的脚趾，你感受不到疼痛，人们的躯体都被咬成了洞，仿若马蜂的巢穴，却毫无疼痛感。床上、柜子上、地上，乃至镜子上都爬满了蛀虫。

它们渐渐蛀空一切。

蛀虫是三年前的一个充满喜悦的夜晚被发现的。

那时下了七天七夜的酸雨，空气里弥漫着硫酸的味道，迅速腐蚀了街道、楼房和工厂。天晴后，你在踏着月光出来散步的路上听到了蛀虫爬出来的声音。那时蛀虫只有三两只，在啃食牡丹乡中心广场上的人民英雄纪念碑，你惊慌失措地大喊大叫，说你发现了蛀虫，却没有人理睬你，人们都在庆祝雨后的天晴，畅游在灯红酒绿的街道上。

不久蛀虫就布满了整个牡丹乡。

"母亲啊，几只蛀虫在啃食你的鼻子，难道你没有感觉到吗？"

母亲用布满油污的袖口抹了一下鼻子，哭笑着说："我儿又说胡话了，我把汤药给你热了热，你快喝了吧。"

那汤药是狐仙堂生产的，你的女同学小倩就在哪里售卖黑汤药。

牡丹乡是准备搬迁的。

牡丹河从这里千百年地流过，为了完善水利设施建设，国家要在这里修建一个水库，一号大坝就在牡丹乡外面不远处，等村民们一搬走，一号大坝就开闸放水，现在的牡丹乡就将淹没于水底永不见天日。

村民们之所以还没有搬走，主要是因为新区还没有建设好，乡民们都盼着住高楼，靠搬迁改变命运。在牡丹乡竖立的新区效果图上，高楼林立，道路宽阔，各项配套设施非常完善。乡长曾经站在效果图下对着乡民讲述着新未来的美好，引得在场的乡民无不欢喜雀跃，喜极而泣，打心眼里说道赶上了好时代。

与搬迁准备工作同时进行的还有呈几何倍数爆炸繁殖的蛀虫，它们每到夜晚就开始啃食着乡里的一切，包括不远处的大坝。

在你阴暗晦涩的记忆里，它们啃食混凝土的声音在你的耳朵里咯吱发响，就像是野狗在荒郊野外啃食死人的骨头。

你被蛀虫啃食的身体越来越虚弱，你曾经颤颤巍巍地拄着布满虫眼的拐杖来到了乡政府门口，用尽力气诉说着危险的一切，建设的新区不过是胡中医袖口里的一张纸，想引起人们的警惕，结果却是徒劳的。你被认定为抹黑新生活的别有用心者，好心的人们劝你回家好好治病吧，别搁那里瞎操心了。

乡长五大三粗，估计是呕心沥血的缘故发际线很高，他在门口隔着铁门问你："小伙子啊，你是哪个村的，怎么又来了？"

你以为乡长被你锲而不舍的精神所感动，你用发抖夹杂着呜咽的声音对他说出了你是牡丹二村的。

乡长扭头对秘书窃窃私语后，笑着看你的身体，像是一个好色的大叔。你急忙看自己的拉链，拉得很严。

过了一会儿村主任一瘸一拐手扶着半个破损的方向盘赶

来，他后面跟着几个在地上爬的村民，他们要把你捆回去。你冷冷地看了一眼乡长，他的眼神里露出一丝狡黠的目光，如同一个不出嫖资的嫖客。

"你们为什么不能到外面去看看呢？难道你们的眼睛都瞎了吗？天天待在屋里能知道外面的情况吗？"你对着乡长咆哮，颇有些义正词严的味道。这声咆哮惊动了正在乡政府食堂视察的上级领导，乡长瞬间换成笑脸。上级领导说，群众有困难为什么不去看看呢？我们是人民公仆嘛。

于是你被迫地带着一群人在街上蹲守，乡长在小汽车里打起了呼噜，似乎是在给蛀虫放信号。当然这只是你的怀疑，这念头转瞬即逝，停留时间不超过三秒。

前半夜，月明星稀，根本就没有什么蛀虫。

不耐烦的乡长领着那群人气急败坏地一走，后半夜你就被安置在家里养病，活动范围被限制在离家门口三十米内。

乡长那群人走后没多久，蛀虫就出来了。它们进食、交配、磨牙、放屁。

乡里不久开始出现各种怪事。好端端的凳子坐着坐着突然散架了，正吃着的夜宵突然没了，乡政府那泛着寒光的铁门也一夜之间断掉了，人走着走着腿折了的事情也是隔三岔五发生。有些乡民还出现了持续性发低烧，一种墨绿色的液体从鼻子和耳朵里流出来，乡里悄悄弥漫起了恐慌的气息。

黑汤药就是在这个时候出现的。

那天乡里突然来了一个胡中医，在乡政府对面的黄金地段租下了三间门面，招牌名叫：狐仙堂。

胡中医仙风道骨，身穿一身名贵狐狸皮夹克，手持紫檀木烟斗，颔下的白胡须随风起舞。

狐仙堂起初并未引起乡民的过多注意，但胡中医请来了乡长出席黑汤药免费试吃仪式后，各种吃了黑汤药可以治百病的传言四起，一夜之间传遍了各个村庄，黑汤药供不应求，乡民们大半夜就在门口排起了长队。乡长更是让秘书开车带走了整整一后备箱，在办公室里生火熬制黑汤药，整个乡政府里乌烟瘴气，熏得人睁不开眼睛，原来大家都在偷偷吃黑汤药。

你母亲起初也想为你买药，但你死活不让她去。母亲无奈，只好假装依了你。

一天天骨瘦如柴下去，不吃黑汤药哪行？你母亲抹着眼泪对吃了黑汤药的邻居大婶哭诉。邻居大婶喝着黑汤药小心翼翼地站在家门口，像是狗一样舔舐着碗底残留的药渣。

由于你始终不吃黑汤药，你的病就不见好。一天傍晚小倩从墙上跳进你家院子里。"瞧你，都病成什么样子了，怎么不吃黑汤药呢？"小倩语重心长地问你，声音里还带着点儿怨气。

"小倩，你怎么来了？"你的表情里有些激动，但你显得有气无力。

"哟，亏你还记得牡丹河畔的李小倩？以为你早把人家忘了。"

"怎么会呢？"你的脸露出一丝羞红色，下意识地舔了一下干涩的嘴唇。

在你不算太弯曲的记忆里，和小倩手拉着手伴随着依稀的下课铃声一起走在牡丹河边，河水清澈见底，游鱼细石直视无碍，乌龟螃蟹分外可爱。你和她光着脚丫走在有些扎脚的沙滩上，夕阳映红了河水，也映红了你和小倩的脸。那是一段难忘的20世纪90年代时光。

当化工厂来临的时候，一切都发生改变了。来来往往的货船把化工原料运来，在化工厂加工后又运走，流进牡丹河的是刺鼻的废弃化学物。牡丹乡的土地长出的庄稼散发着强烈的硫酸味，河水浑浊不堪再也没有活鱼了，许多乡民得了怪病死掉。乡民们唯一的出路就是搬离这里，被迫离开他们祖祖辈辈生活的土地。终于，乡里争取到修建水库的机会给他们带来了希望。

"你为什么还要回来呢？"你问小倩。

"为了医治病人。"小倩微微抬起了头，她温柔似水的目光直射着你的眼睛后把这几个字吐了出来。

"哦。你不是一直都喜欢鲁迅吗，立志做个作家。"

"别提了，老同学，以前的自己太傻太天真，才考了中文系，大一上了半学期就弃文从医转到了医学院跟着胡老师学中医，这不是学成归来拯救苍生实现实现人生价值来了。干爹集毕生功力研制成功的这款黑汤药包治百病、强身健体，前几天免费送给了你母亲，记得按时吃哦。"

"你干爹？"

"哦，就是胡老师，有空带你去见他，他老人家除了怜香惜玉外，还特别善良，他一定会治好你的病。"

"不，我没有病。"你歇斯底里地争辩。

"你怎么没有病呢？你病了，是心病，是脑子里的病，而且还病得不轻。"小倩安慰狂躁不安的你。

你本想问小倩是否也在晚上听到蛙虫啃食的声音，可她伸出食指横亘在你的嘴边，示意你不要出声。是你的母亲在门外叫你，说黑汤药熬好了。母亲又为你精心熬制了一服准备端进来让你喝下去。在你母亲进来前，小倩跳窗户走了，你说你被控制在家里休息，也不能送她出去，心里愧疚得不行。她说下次她要带你出去见胡中医。

蛙虫的破坏越来越严重了。一天你在门口左右张望，发现监视你的四个人不见了，你犹犹豫豫不敢相信自己的眼睛，踉踉跄跄地走上了去乡里的大马路。路上到处是断壁残垣，蛙虫的屎累积了厚厚一层，庄稼地里千沟万壑，是被蛙虫啃食庄稼后撒的小便冲刷的。路过乡政府，你发现监视你的几个人正在政府门口修倒塌的墙壁，你怕见他们，不好意思地扭头走人，却一瞬间被狐仙堂门口热闹的场景给吸引住了。小倩鼻子忒尖，闻到了你的气味，迅速跑到你的身边，一个媚眼就劈头盖脸抛了过来，晚上接你去他在野外的别墅，好见一见胡老师。

你不忍心拒绝，只好违背初心同意。

　　狐仙堂的黑汤药采用饥饿营销限量供应，到了下午四点一刻当天的备货就圆满地销售完了，还有许多没有买到的乡民只好从黄牛党哪里高价购买以求强身健体，以免身子骨突然散架。乡长的办公室里又冒起了黑烟，那是秘书在给他熬药，乡长为了增强药效，跳进了熬药的黑锅里，整天待在里面不出来。

　　小倩拉着你的手沿着街道向胡中医隐居的别墅走去。

　　在路上，小倩对你说："百年修得同船渡，千年修得共枕眠。人生一场不过匆匆几十年，能够相识一场真是难得啊。"

　　你假装只顾低头走路，眼睛却不由自主地瞟了几眼她鼓鼓的胸脯，真是丰满啊，女大十八变这句至理名言顿时在你的心里夹杂着感叹喷薄而出。出了主路，渐渐转入一条高低起伏蜿蜒曲折的羊肠小道，路上尘土飞扬，虫鸣声不绝于耳。穿过一片被蛀虫啃食光的庄稼地，进入了一片荒凉的野树林，接着又走过一片废弃的化工厂，眼前突然开阔了许多，一所豪华的别墅映入眼帘，金碧辉煌的大门口立着一对威武雄壮的大石狮子，惟妙惟肖栩栩如生，四只巨眼炯炯有神，两张巨口仿佛要吞噬一切。门口左右各挂了四盏红彤彤的大灯笼，照得周围如白昼一般。小倩伸出玉手轻轻叩门，门开了，一个小丫鬟把你们二人迎接了过去，先带到客厅休息，小倩对她低语几句，那丫鬟便去了，转身又来了两个丫鬟，模样愈发标致动人，眉眼荡漾更加似水柔情，沏茶倒水又是忙了一番。这时小倩才领你去后院见胡中医。

两个丫鬟前面引路，你跟在最后紧紧扯着小倩的衣襟，兜兜转转，三进三出后上了一座二层小木楼，楼上放着三把椅子一张桌子，桌子上放着粗茶淡饭，桌后的栏杆前立着一人正在轻捻胡须夜观天象。

屏气凝神之后，那人竟然吟诵起李太白的《静夜思》来。

"床前明月光，疑是地上霜。举头望明月，低头思故乡。"

须臾，那人呼吸吐纳轻整罗衫，小倩低声过去禀报，那人扭转过头来正是胡中医，他满面笑容热情地同你握手寒暄，让你一时手足无措诚惶诚恐。宾主落座，小倩介绍了你二人相识后，胡中医便迫不及待地给你瞧病。

他的眼神里透着一股寒光，仿佛是冷水里倒映出的月亮。短暂地停留后那目光移开了，接着是一阵哈哈大笑，他雪白的胡子随着笑声一动一动，像是吃青草的山羊，很有些节奏感。

他猛地拉住了你的手，说老弟最近是不是经常口干舌燥、食欲不振、呼吸困难、失眠多梦？

问完这句话，胡中医夹了一根菜，蘸了点儿香油，在鼻子前闻了起来，一副飘飘欲仙的神情。

这几句话切中了你的心，心里像是突然落了一块沉甸甸的石头，砸得生疼。

陪客的小倩啃起了胡萝卜，嘎嘣脆，如丝竹之音。斜月无声，照在楼台之上，滚滚河水，传来波涛之声。

一颗流星划过天际，夜已经深了，你们仿佛都沉默了太久。

胡中医送了你一大包黑汤药要你回去好好喝，小倩送你穿过大门时一股马厩的尿臊味袭来，呛得你眼泪鼻涕横流。

你稀里糊涂地凭直觉走，来时的路却踪迹全无，不知不觉走进了一片漆黑的沼泽地，软软的热热的，你每走一步都很慢，地动天摇头昏脑涨，你像是喝醉了。淤泥渐渐浸湿了你的裤腿，微风一起身上的热气散去，你打了两个冷战强打起精神试图站稳脚跟。

你脚下的沼泽在流动，身体斜躺在了沼泽上，咕嘟咕嘟的气泡在你的耳边响起，觅食的黑鱼亲吻着你的颈部，天上的星光很亮，脸上的天空被你看得很清晰。

柔软的沼泽带你进入了梦乡，焦躁和忧虑不再缠绕着你，周围的一切都是那么安静自然，你如沐春风享受着这点滴的时光，你多么想抓住它们啊，不要走永远不要走。

那种感觉像是什么？天地未开时的混沌，胎儿未出生时的子宫。

你是被冻醒的。

你睁开眼，天微微亮，还未吃饱的蛀虫啃食着你的身体，你睡在荒郊野外的土地上。

"儿啊，你在哪里？"你听到了母亲寻找你的声音，你想张嘴，动了动上颌，话到嘴边却无法说出去。

你失声了，眼泪顺着眼睑滑了下来。你身旁不远处放着一包布满尘土的黑汤药。

母亲坐在你的床边，她的眼窝深陷了下去。

"儿啊，张开嘴喝口粥说句话吧。"你看到了母亲的口型，可根本不知道她在说些什么，你如一个失聪的孩子，疑惑地转动着眼睛。

你的病情迅速加重，母亲用老虎钳撬开你的嘴强迫着把黑汤药灌进去，可刚灌进去你就一口不剩地给吐了出来，墨绿色的液体从你的眼睛、耳朵和鼻子里流出。

在乡长的关心下，胡中医亲自来给你治病。

"老弟啊，你怎么病得这么重？"胡中医对你的病情震惊不已。

胡中医给你诊脉，之后趴在你母亲耳边说着什么，你想起来听可全身已经动弹不成。在胡中医给你号脉时，你竟然看到小倩像是一个小娃娃一样躲在胡中医宽大的袖口里正在张望你，小倩的后面是牡丹乡新区规划图里的房子，作为背景的整整齐齐的新房子衬得小倩越发小巧玲珑。

又是一大包黑汤药，胡中医把药交到了你母亲手里，轻捻胡须说他这味药里加了水蛭，遇水则吸，药力持久，有立竿见影治病除根之功效，需按时煎熬服用。众人呼呼啦啦若一群草丛里蹦出来的蚂蚱四下散去。

牡丹乡搬迁工作动员大会召开了。乡长穿着私人定制的不锈钢盔甲由四个挂着拐杖的人抬上了乡人民广场，广场上的人民英雄纪念碑被蛀虫啃食成了一个造型奇特的假山，做完了搬迁动员后乡长流下了动情的眼泪，作为主导牡丹乡发展的活化石，他可以放心地回乡里看看。你想叫母亲，母亲在门口来来回回地走动，就是听不见。你推开门走了出去，月光下，街上的行人如同影子，穿过你的身体，你转啊转啊，转到了大坝下面，咔咔咔咔，是蛙虫啃城养老了。拄着拐杖、坐着轮椅、趴在地上的乡民们这才发现乡长的脸上布满了皱纹，他在牡丹乡三十多年的兢兢业业仿佛就在昨日。

多美好的夜色啊，月光如流水一般，蛙虫啃食大坝的声音清晰可闻，你朝着大坝走去，身影越来越远，空气冰凉，你母亲手里端着的黑汤药渐渐冷却凝结。

（原载《文艺风赏》2017年第1期）

说出我的心事（代后记）

1

自我介绍一下，我是一位高贵又卑微的九○后小说家。

给你说，我的脚下是李佩甫的平原，我向北走三百公里是刘震云的延津，我向西走五十公里是阎连科的耙耧山脉，我向南走四百公里是诸葛亮的卧龙岗，我向东走一百公里是智啊威的小杨庄，我再向东走三十公里是小托夫的淮阳。

我流下了眼泪，这眼泪流得很慢，泪珠一滴一滴从我的泪腺里滚出来。我低下了头，土是黄土，堆积得很厚，一层一层的。冬天风从西伯利亚吹过来，刮着我的脸，弄疼了我的一双眼睛，草枯死了，尸体塞满沟壑。

我流下了眼泪并不是我真想流眼泪，是因为我站在别人的平原上，别人不是指旁人，正是指那个头发白完了的李老头，他比我下手早，掰着指头算算，早了三十年。

我的豫中大平原，贴上了别人的标签，我的心里疼啊，疼是啥滋味，疼就是这种滋味。

冬天，小水坑里结了冰，村子里的狗叫了几声。俺娘在灶火屋里给我留的半根红薯早已经冻僵了，冰凌碴儿吃在嘴里咔吧响。扔掉一把红薯皮，我又伤心难过起来，月光穿过朱户，寒冷降临人间，此情此景，我不是诗人不能赋诗一首，我只能像一只猫蹲坐在窗前，诉说我的心事。

让我静一静、想一想，我伸长了脖子，变成一只鹅，窗外的月光凄凉，凝结着我的心事，给我一根咖啡棒，来搅动这黏稠的一切。

2

我今年已经二十八岁了，在这里，也让我也痛诉一下悲惨的命运吧。

我生在农村长在农村，是一位地地道道的农村孩子，家里很穷，都说穷人的孩子早当家，那是麻醉剂。农村的孩子无非有两条路：第一条趁早外出打工，绝大部分农村孩子都走的这条路，外出打个七八年工后在老家盖个房子，出个三五万元的彩礼娶个农村姑娘，生完孩子再出去打工，孩子成了留守儿童，媳妇成了留守妇女，命运就这么循环下去；第二条路是上学，这条路成功者寥寥无几，要是能上个重点大学就是发生奇迹了，我就是一个奇迹。

我的心里真的很苦啊，我试图把这苦一滴不剩地倒出来让你看看，但你不准同情我，这样会有损我高贵的尊严。

我的心灵上有一道伤疤，这与我受伤的肉体密切相关，明白无误地告诉你，受伤的肉体会造成心灵的伤疤。

我考上大学时已经二十二岁了，这个年纪对于大部分上学的孩子来说已经本科毕业了，我之所以姗姗来迟是因为我高中上了六年。对，你没有听错，这是完全真实的，详情以后细说。

历史唯物主义上说社会存在决定社会意识，社会意识反作用于社会存在。人，都是有局限性的，看到事物的表象容易，看到事物的本质难，所以才有一叶障目不见泰山。想想看，人生该会有多艰难，我那时极其不自信，我不能再上高中了，不能再上了，我当时的想法是要逃得远远的，仿佛逃得远就能逃出苦难。

3

曾经沧海难为水，我一生的悲剧都离不开这道伤疤，它塑造了我极度敏感的性格，那是一种被称为肌性斜颈的病。我的父母无法为我提供有用的经验和建议，为此我的命运遭受了诸多痛苦，在此就不一一详述。

我二十二岁时，从学校图书馆里查到了关于肌性斜颈的知识，这种医学名为胸锁乳突肌纤维化的东西可能害了我。

我那时不愿再这样被人用异样的眼光瞟来瞟去，我有了一些助学金，去了几家医院询问治疗方案。我想好了无论如何都要去治疗，我最终在一家莆田系医院做了松解手术，现在看起来当时确实有些操之过急。但木已成舟，只好去接受自己吧。

成长是不可逆的，于事无补，已经发育过的身体无法恢复到原来，受伤的心里无法完全抹去阴影。

我的父母都是无知又固执的农民，处于这样一种环境中，我无法脱身，这是我人生的悲剧。

有人发明了"上帝为你关了一扇窗户必将会为你打开一扇门"这句骗人的话。虽然是谎话，但是听多了可能就成真的了。像是冥冥中的注定，我敏感而脆弱的心在2013年的秋天遇到了小说，我起初的目的就是为了赚点儿钱，我大学的主要的收入来源就是助学金和助学贷款，是它们支撑着我在这个校园里苟延残喘，也许是我身体吸收得好，还把我从瘦弱的猴子变成了肥头大耳的猪。

说实话为了生计，我错失了很多写小说的机会，但我已经成功跻身全国九〇后小说家前列，成了其中具有代表性的作家之一。

这像是一种希望，星星之火，可以燎原，我想我也不是不可能。

4

我从豫中大平原出发向北走了三百公里后到达了延津，在我看来这里根本没有什么黄花，黄花大闺女倒是挺多的，可以遇到桃花运，我翻过黄河拐回来了，我不打算去老阎的耙楼山脉了。这个想法不是一下子就产生的，它的产生有一个漫长的过程，当我离开延津一百公里时它从我的脑海里出现了，我回到了豫中大平原。

像大多数农村大学生留在城市一样，我也需要一套房子，农村不可能待了，家里除了破砖烂瓦什么都没有，城市里没有房子就意味着没有立足之地，而租房始终不是长久之计。

买房子是融入城市的必备硬件之一，但我现在只有两千块钱。

我2016年在北京待了不到一年时间，在凤凰读书做新媒体编辑，这是我的文学才华被严重消磨的一段时间。我辞职回到河南，很快考上了信阳乡政府的一个事业编制，被安排在党政办公室里写材料，那个乡叫陈棚乡，淮河从那里流过，那里继续消磨着我的文学才华，我看不到光和希望，一个月后我放弃了这个编制。

我之所以能果断放弃，是因为我收到了七千多元的稿费，这足够支持我半年时间去专职复习考试。后来证明这个决策是完全正确的，使我免于掉进命运的泥潭。

辞职那天我从潢川火车站坐火车到了开封，在河南大学新校区租了半年的房子，我天天复习行测和申论。参加完8月末的河南省青年作家批评家高峰论坛，许昌市直事业编制考试公告就出来了。我欣喜万分，报了许昌塔文化博物馆的会计岗位，机会是留给有准备的人的，我笔试第一，比第二名高出八分。

光明就在眼前，但为了确保万无一失，我把2012年存的五年定期给取了出来，花了三千块钱砸到了面试培训班上，结果不出意料，我考上了。

招考的流程是非常缓慢的，需要公告发布、报名、查询报名结果、缴费、打印准考证、笔试、面试确认、面试、面试结果公示、体检、体检结果公示、政审与考察、拟聘用名单公示、聘用通知、报到入职，这个流程走下来花去了大半年时间。

从2016年12月7日从北京离职直到2018年1月去许昌入职，这一年里我都没有工作，还把之前的积蓄三万块钱给花光了，我的人生是如此的孤独而无助，好在有文学照亮我的心灵。

2018年的春节，我一贫如洗。

假如我要准备河南省公务员考试的话，那还得半年时间，得消耗到2018年8月，到不了那时我已经饿死在公职考试的路上了。

我的大学室友曾经在2017年7月11日到2017年11月24日和我一起奋斗在公务员考试的路上，我们俩一块在学校的图书馆里复习。他是第一次考，不知道深浅，瞄准的只有公务员，我作为老司机则什么都考，包括事业单位。在一起复习期间，我参加了郑州市第二批事业单位考试、许昌市直事业单位考试和河南省直事业单位考试，最终我以高分考上了许昌市直。

室友孤军奋战到2017年12月份，他参加完公务员考试后的感觉是心里哇凉的，结果出来后验证了他的感觉。

鸡蛋不能放在同一个篮子里，这个经济学上的道理放在公职考试上也具有参考意义，因为不确定性太大了。它取决于多种因素，包括但不限于你自己、竞争对手、出题人、监考人、心情、交通等诸多相关因素，是极其复杂的，其结果在很大程度上难以预测。

所以要多考几次多考几个，不能只抱着考公务员不放手。

二十八岁的我在许昌这座新晋三线城市有了一份财政全供的工作，为此有人称赞我是成功人士。对于农村的孩子而言，有份体制内的工作是非常棒的，这是伟大的开端。

我需要在许昌租一个房子，衣食住行等生活成本合起来一个月大概得花去一千五百块钱，而我的工资扣完五险一金一个月大概有三千块钱，也就是说有一半的工资要消耗在生活成本上。

我生活在巨大的压力里。

买房子似乎遥遥无期，许昌的房价现在是八千左右，如果太阳不从西边出来的话，以后还会涨，就算是买个小一点儿的房子九十平方米那种两室一厅的也得七十万，首付百分之三十需要二十多万，剩下的四五十万用公积金，三十年下来利息也得二十多万，我的压力很大啊。

我二十八岁了，大街上卖水果的阿姨经常叫我帅哥，我心安理得地答应，感觉自己还蛮帅气的。我身高一米七二，身体健康，内心里全是美，说这些有点儿像是发相亲广告。

5

我1997年在王冯村小学上小学三年级，那时我开始遭受老师的歧视和同学的欺负，像是偶然中的必然，必然中的偶然，从三年级开学那天起班级最后一排的座位就是为我准备的，尽管我的成绩还排在中间。

在农村小学座位坐到后面意味着什么？对于绝大部分人来说意味着失去了上升的可能性，我就更悲惨了，除了失去学习资源，还备受老师的歧视和同学的欺负，可以说是多了几重困难，只是别人不知道罢了。

据我的记忆当时的具体情况是这样的，那是我人生不幸的开始，像是掉进了怪圈，无论是抢位还是排位，我的位置越坐越靠后，很快就坐到了最后一排，一坐坐到小学毕业。这三年里，我的成绩不断沉沦，离学习资源越来越远。

与此同时，我不断遭受欺凌，这契合了从众效应，命运如一只无形的手掐住了我的喉咙。

我的初中是在小吕一中就读的，那个学校坐落于小吕乡政府驻地岗马村，学校附近的适龄青少年大多在这里就读。我在这里度过了四年备受摧残的时光，之所以是四年因为我初二留级了，那是我人生的第一次觉醒，但那次留级并不成功，英语一窍不通，满分一百分我只能考个十来分，而且全部是蒙的。为了学习英语我努力过，然而都失败了，英语是我人生中的一场悲剧，严重阻碍了我的人生进程。

我是备受摧残的种子，我的性格越来越孤僻，我发现外界用一种异样的眼光看着我，眼光里隐藏着嘲笑。我愈发感受到了一种不公正，这让我焦躁不安，我想到我的一生将会被无情地碾压，我的灵魂将会被钉在阴暗的耻辱柱上，这是一种难以捉摸的恐惧。

在熙熙攘攘的操场上，同学们如小兔子、小山羊，发出一阵阵迷人的欢声笑语，他们快乐极了，我隐藏在黄沙漫天的羊肠小道上，心里很沉重。我突然想去教室里学习，可就我当时的成绩来说是没有什么希望。在备受摧残的环境里，我的智商似乎越来越低，情商也越来越低，我深感自己的存在毫无意义，如浮萍野草一般。

我幻想着有一头大象来到学校接我回家，在一个世外桃源的地方有一个姑姑或者姐姐来爱我，这幻想在我十三四岁的脑海里反复出现。

初中结束后，就是前面提到的六年高中生涯了。经常有人问我多大了，我每次都违心地说我1992年出生的，多想年轻两岁啊。

在我二十八岁的人生中我喜欢过很多姑娘，数一数，有十几个，不过她们是尘世里的俗人，目光短浅境界很低，因此我不会写她们。现在想起来无不自惭形秽，我像是瞎子，看走眼了那么多。

　　我晃晃悠悠，沿着安静的颍河水，太阳快要落山了，空气里飘荡着浓浓的醉意。

　　我走回到那片豫中大平原。

　　如果我这样想，一切的苦难都是创作的资源，是怎么都获取不了的人生财富，那就柳暗花明又一村了，我脚下的土地不只是别人的平原，也会是我的，每个人的平原都是不一样的，月光下，我看到了自己长长的身影。

2018年